寸草心

陈志铭　周脉望　彭一万　著

光明日报出版社

图书在版编目（C I P）数据

寸草心 / 陈志铭 , 周脉望 , 彭一万著 . – 北京 : 光明日报出版社 , 2021.6

ISBN 978-7-5194-6178-2

Ⅰ . ①寸… Ⅱ . ①陈… ②周… ③彭… Ⅲ . ①诗集－中国－当代 Ⅳ . ① I227

中国版本图书馆 CIP 数据核字 (2021) 第 119702 号

寸草心

CUN CAO XIN

著　　者：陈志铭　周脉望　彭一万

责任编辑：李月娥　　　　　　　责任校对：慧　眼

封面设计：吴思萍　　　　　　　责任印制：曹　诤

出版发行：光明日报出版社

地　　址：北京市西城区永安路 106 号，100050

电　　话：010-63169890（咨询），010-63131930（邮购）

传　　真：010-63131930

网　　址：http://book.gmw.cn

E － mail：liyuee@gmw.cn

法律顾问：北京德恒律师事务所龚柳方律师

印　刷：武汉市盛宏源印务有限公司

装　订：武汉市盛宏源印务有限公司

本书如有破损、缺页、装订错误，请与本社联系调换，电话：010-63131930

开　本：131mm×210mm　　　　　印　张：8.5

字　数：165 千字

版　次：2021 年 6 月第 1 版

印　次：2021 年 6 月第 1 次印刷

书　号：ISBN 978-7-5194-6178-2

定　价：52.00 元

本书除第六章外，其余皆系陈志铭创作；本书第六章“同声歌唱”前十三首，系周脉望创作；本书第六章“同声歌唱”最后两首，系彭一万创作。

前 言

2021年是一个不寻常之年，中国共产党诞生整整一个世纪了。我们党诞生28年，浴血奋战，建立了中华人民共和国。不忘初心、砥砺前行，激流险滩、一往无前。第一个百年，“天翻地覆慨而慷”，党领导亿万人民谱写了辉煌灿烂的篇章。

1921年7月，我们党只有50多名党员，现在已发展到9000多万。这对许多国家来说，是天文数字。毫无疑问，中国共产党是实现中华民族伟大复兴的光辉旗帜和中坚力量。

习近平总书记说：“当今世界正经历百年未有之大变局，我国正处于实现中华民族伟大复兴关键时期，我们党正带领人民进行具有许多新的历史特点的伟大斗争，形势环境变化之快、改革发展稳定任务之重、矛盾风险挑战之多，对我们党治国理政考验之大前所未有。”（2020年1月8日，习近平总书记在“不忘初心、牢记使命”主题教育总结大会上的讲话）

回望悠长岁月、漫漫征程，中华儿女激情满腔、热泪盈眶。

这部由一百五十多首抒情短诗组成的长诗，便是中华儿女激情的抒发，是亿万人民纵情歌唱中的一个音符。我委和局离退休干部工作处原想发动更多人创作更多作品，无奈时间仓促，只得先抛砖引玉。

迢迢征途，我们要不忘初心、牢记使命，策马扬鞭，再次出发。同时，要教育我们的下一代，继承党魂军魂，发扬革命传统，接好共产主义接力棒。

厦门市文化和旅游局关工委

2020年12月

序

百年朝阳

远看是一粒铜豌豆，
近观是一团红红的火。
关于太阳，
有许多神话和传说：
阿波罗、
金马车、
夸父和后羿，
拉的重生和隐没……

我的朝阳，
亿万人民的太阳，
诞生在血流漂杵的中国。
萤火如豆，
那么微弱，
震怒的千钧雷霆不能锁，
如墨的万座云山不可遮，
百年时光把它打磨，
天宇间终于响彻其雄浑的歌！

百年朝阳，
告诉世界什么？
多少年以前，
我听到南美洲智利的聂鲁达这样唱着：
都望着你呵，人民中国……

你的胸前抱着一束欣欣向荣的碧绿的秧苗，
而在你的头上，
高悬着一颗明星，
这颗星呵，照耀着全世界各国的人民。*

他还这样诉说：

中国的大地，我想同你讲话，
只用大地的语言……
我是另一片土地的儿子，
而雪花把一颗星留在我的旗帜上……**

我常常望着中国共产党党旗出神，
旗上的铁锤砸碎了旧世界枷锁，
锤打出金灿灿的五星，
锤打出金灿灿的国徽；
旗上镰刀收获了七十二个金秋，
收获了亿万人民的富有，
收获了一个自立于世界民族之林的强国。

---

* 摘自聂鲁达的《向中国致敬》（邹绛译）。

** 摘自聂鲁达的《中国大地之歌》（马德菊译）。

我常常出神凝望着那面百年红旗，
上面有硝烟缕缕、
弹孔累累，
还有几许污迹，
但岁月尘埃遮不住它万丈光辉，
几处污痕无碍于它鲜红绚丽。
这是一轮百年朝阳，
喷薄于九百六十万平方公里土地，
喷薄于三百万平方公里的海域。

这是一个怎样的党？
敢于痛打豺狼，
勇于刮骨疗伤，
智于承前启后，
忠于人民至上。
人民，
人民，
写进党章，
刻进千千万万共产党人心上。

我一次又一次在名山胜景看日出，
那一粒铜豌豆，
蒸不烂，煮不熟，锤不扁，炒不爆，
响当当，

当当响。
它就这样冉冉升起，
没有任何力量可以阻挡……
我痴心于那一丸惊世之美，
心儿燃烧成一颗小小太阳！
祝福未来无数世纪，
浸透这百年旭日的芬芳……

2019 年 9 月 21 日初稿
2020 年 3 月 5 日修改

目录

第一章

红色记忆

找寻

我长在红旗下，
未曾亲历过战争。
从小，
一点又一点红墨水，
在白纸上漫洇……
渐渐，渐渐，
红色基因，
渗透了我的生命。

寻找红色记忆，
溯时间长河把脚印找寻。
深一脚，浅一脚，
磕磕碰碰，
一部中共简史，
在心中越来越鲜明！

寻找红色记忆，
深深矿坑里把金子找寻。
我到过许多地方，
许多闪光点，
触动心灵——
不由得发出我的歌吟。

我的奉献西爪东鳞，
但浸透了诗人的真诚。

上海等

源头

——谒中共“一大”会址

放轻脚步，
走进会址，
会场庄严肃穆，
听得见心跳的声音。

会议桌上，
十五只茶杯，
装着黄河，
装着长江，
装着共产主义理想，
也装着困惑和彷徨，
中国现代史大河，
从这儿拐弯。
两盒火柴，
装星星之火，
装霹雳电闪，
装沉思和硝烟，
装原子核裂变，
也装着中华民族
新世纪的曙光。

哦，母亲，
您是新中国生命之源，
我是您九千万儿女中的一名。

在您身旁，
我听见岁月一百年涛声；
在我眼中，
您可看到赤子热泪盈盈？
没带来鲜花缤纷，
只默默诉说您和我共同的梦：
让联合国总部那国旗汇成的彩虹，
化为全世界人民的
灿烂笑容；
让共产主义的动人歌声，
飘过全球每一个角落，
传遍人间！

嘉兴红船

只开一天会，
定格了那一个庄严的时刻——
中国共产党诞生了。
嘉兴湖波澜不惊，
天地却从此翻覆……

访踪亭畔，
多少人到此寻访。
漂亮的画舫，
冲破了腥风血雨夜未央，
惊涛骇浪
挡不住一往无前去远航。

一百年了，
那船早不知消失何方。
今天红船
勾起后人无尽的怀想……

时间的灯塔 *

在灯的海洋里，
屹立着英雄的身影。
默默为时间导航，
高擎灿烂的星星。

俯瞰繁华街市，
像闪光透明的水晶，
陶醉于生活的甜蜜。
情侣们依依而行，
英雄爽朗地笑了。
夜色里回荡着钟声。

仿佛，是昨天罢工的汽笛，
把我神经震动；
仿佛，是今天高亢的号角，
召唤向明天出征。
我下意识校对手表，
满脸庄重的神情。

* 郑州“二七”纪念塔高 63 米，塔顶是两座并肩的电钟。

林祥谦烈士陵园

每当车过闽侯，
巍巍枕峰山，
绿松翠柏间，
历历可见
林祥谦烈士陵园。

近百年历史云烟，
又在我胸中翻卷。
京汉铁路工人大罢工，
愤怒的汽笛划破长天，
撼地狂澜，
横空彰显
中国工人阶级担当！

林祥谦，
共产党员，
一个普通钳工，
满腔热血飞溅，
铸成中国共产党党史
一个闪光的标点。

陵园里一百二十六级石阶，
每一步都在诉说
工人运动千难万险，

二百三十公斤的铜像
坚毅无言。
“忘记过去就是背叛！”
一个声音响在我的耳边。

红“十”字的启示*

南昌等

灯光率领着起义军，
红“十”字映入战士的眼睛；
灯光牵来晨曦，
红“十”字是晨曦里一抹红晕。
两道红色杠杠，
像紫电炫目、挟迅雷奔滚，
叫敌人胆战心惊。

这是深刻的启示，
也是历史的铁证：
要真正拯救祖国，
要彻底拯救人民，
我们的红“十”字啊，
不只写在疾驰的救护车，
更要写在革命的闪光的刀刃！

* 八一南昌起义军作战联络信号用的马灯、电筒上均画上红“十”字。

指挥部台阶*

褐石、灰土、青苔，
普通、朴素、实在。
半个多世纪雷雨风雪，
冲洗掉雾霭、尘埃，
只留下一片脚印，
抹着岩浆的色彩；
只留下脚步的雷霆，
从过去滚向未来。

它是历史光辉的一页，
它是新中国基石一块，
它是一座铁砧，
锻打出钢铁的一代。
让革命从自己肩上踩过，
台阶啊，你又像我们的老帅！
我赞颂你不朽的功勋，
百倍赞颂你坦荡的胸怀。

---

* 南昌市星火路今保存着南昌起义时贺龙、刘伯承等同志指挥战斗的旧址——第二十军指挥部的台阶。

“到农村去”*

八一枪声撕裂黑沉沉的天宇，
历史便提出一个严峻的问题：
工农武装在哪里站稳脚跟？
红领带火苗怎样燃遍大地？

信念在血与火的淬炼下成长，
找毛泽东同志，“到农村去”！
五百里井冈山是巨大的摇篮，
毛泽东思想是烛天的火炬。

冒着凄凄的风，穿过茫茫的雨，
小小斗笠，顶住了电砍雷劈，
只因心中的信念像太阳，
狂风吹不落，暴雨泼不熄！

敌人子弹在斗笠上凄厉哭泣，
弹雨也刷不掉这钢铁的誓语；
战士小憩总爱把它盖在脸上，
这样就连梦儿也变得甜蜜。

“到农村去”“工农武装割据”，

* 八一南昌起义纪念馆里陈列着一顶转战千里的斗笠，斗笠上写着“到农村去”。

铁流向井冈——扑向母亲怀里。
斗笠上闪耀着烈火似的信念，
谱下了红色武装胜利进行曲！

我在星座中走着

——瞻仰江西省革命烈士纪念堂

六十多本烈士名册，
展开来是一条银河；
二十多万烈士姓名，
个个星辰毫光四射。
我在星座中走着……

长夜曾笼罩祖国，
黑暗也曾包围了我，
希望和光明却从未失去，
我们有这样的星座！
我在星座中走着……

热泪蓄满眼窝，
胸中交织电火，
星光照出污垢，
灵魂沐浴银波。
我在星座中走着……

我在星座中走着，走着，
一个思想在成熟中闪烁：
只要珍爱这灿烂星群，
国旗上的星星就不会陨落！

茶*

透明、晶亮，
淡绿、清香，
茶“咕咕”倒出茶壶，
茶杯里笑影荡漾。

茶倒得溢出茶杯，
泪顺着脸颊流淌，
穷人盼来自己的军队，
欢乐怎不漫出心房？

当安源暴动枪响，
铜鼓红旗飘扬，
他们就备好茶水，
天天守在路旁。

喝茶吧，快喝茶，
你们是人民队伍、工农武装！
小茶杯盛着老百姓的心意，
盛着一个深情的海洋。

喝茶吧，快喝茶，

---

* 江西省革命历史展览馆里陈列着当年莲花县高淮村群众给秋收起义部队送茶水的一个茶壶。

让茶滋润发烫的胸膛。
千言万语泡在茶里，
人民把心捧在手上。

茶壶把茶“咕咕”倒出，
仿佛在倾吐火热的衷肠。
今天，它仍然装得满满，
献给子弟兵，是壶最甜的乳浆！

百姓茶壶

领袖的油灯、元帅的枪，
陈列在小小茶壶旁，
我的心不由得一热，
感到了历史完整的重量。
莫说茶壶普普通通，
它装着一片深深的海洋！

千言万语泡在壶里，
人民把心捧在手上。
当茶水汩汩倒出，
泪顺着脸颊流淌：
穷人终于有了自己的军队，
军队找到了自己的爹娘……

茶壶啊，
釉色斑驳的茶壶，
近一个世纪倒出几条大江？
中国现代史卷帙浩瀚，
你是其中最重要的篇章。

握手 *

有时，数年光阴，历史只用一笔带过，
有时，用辉煌篇幅，历史记载一个片刻。
看，在伟大的井冈山会师中，
毛泽东、朱德，面对面走到一起了！

两只扭转乾坤的大手紧紧握着，
掌心中，滚过雷火，把千言万语诉说。
互道姓名，使劲摇着对方手臂，
我们的领袖那么热情，那么欢乐！

热血同一沸点，脉搏同一节拍，
未见面，早已把对方刻在心窝。
此刻，电流接通，将产生多么大的光热？
此刻，江海汇合，将掀起滔天洪波！

也许，朱德，想到了，
此刻握着的手，将为中国革命掌舵；
也许，毛泽东，想到了，
此刻握着的手，将成为自己的一只胳膊……

握手，紧紧地握手，
电焊钢铸，牢不可破。

* 1928 年 4 月 28 日，毛泽东和朱德在宁冈砻市文星阁第一次会面。

在八一炮火中诞生的军队转危为安，
这握着的手，就是跨越天险的桥梁一座！

巨斧 *

响起来，响起来，
从树梢垂到地面的大红鞭炮；
吹起来，吹起来，
阳光下闪闪发光的百支军号。

群山呼应，砻江欢笑，
挥动千万把花束，油菜花那么妖娆。
红旗朝霞般拥着一轮红日——
毛泽东，我们红四军的党代表！

毛党代表正在演说，一手挥动，一手叉腰，
讲会师意义，讲井冈山光辉大道……
全军上下心花怒放，眼燃火苗，
情不自禁把腰挺得更直，把枪握得更牢。

秋收起义的战士想起八角楼的灯光，
它照亮征途一处处浅滩、一座座暗礁。
八一起义的战士忆起千里转战，
日思夜盼，正是这样的声音、这样的教导……

多么值得骄傲，永远值得自豪，
工农红军一诞生，便承受太阳的照耀。

* 1928年5月4日，工农红军第四军在宁冈砻市成立。

人民军队是开天辟地的巨斧啊，

毛泽东思想是熔炉，把它冶炼、锻造！

井冈山火炬

登石阶走向井冈山博物馆大门，
迎面伸来四把火炬形红灯，
我心中纵然藏千山万水，
它的光芒照彻我整个心灵。

火炬，熊熊燃烧的火炬，
呼啸着八一起义的枪声；
火炬，红光冲天的火炬，
闪烁着秋收起义的红缨。

近一个世纪前，顶漫天风雪乌云，
武装革命的巨手把它高擎，
五百里井冈山是它巨大的灯座，
红军军旗是它的烈焰翻腾。

啊，中国的普罗米修斯，
从十月革命盗来火种，
三山五岳抬头仰望，
黑暗的中国有了光明！

今朝，火炬早撕开百年长夜，
点着天上太阳，照亮千山万岭。
他含笑站在博物馆门口，
向我讲述革命，给我一腔诗情。

红四军军械处抒情

是什么把这儿的炉火点燃?
染红莽莽大山，映红浩浩长天，
我站在军械处火炉旁沉思。
仿佛，锤声叮当，火星飞溅，
风箱呼噜噜歌唱，
炉子升腾着钢蓝色火焰，
淬火的生铁吱吱欢笑，
冒一缕淡蓝淡蓝的青烟……

靠自己双手砸千年锁链，
革命的火炉啊，历史的铁砧，
你锻打出多少暴动的梭镖，
你制造出多少复仇的枪杆，
你把“保卫黄河”的大刀交给中华儿女，
你把“解放全中国”的炮声向寰球传遍。
你的火星溅到哪里，哪里就星火燎原，
整个旧世界在你脚下打战!

题海罗杉 *

黎明了，雾冷风凉，
办公桌前，毛泽东披上线毯，
天上的星星陆续下班，
青油灯的一根灯芯，
短了又长，长了又短……
海罗杉啊，你心疼地劝毛泽东歇歇，
万千树叶细语喃喃。
你忘我地给毛泽东抵挡风寒，
挺着高大的躯干！

啊，海罗杉，海罗杉，
你是忠实的卫兵，红心闪闪！

白狗子上山了，石过刀，草过火，
你举起冲天火炬，宁折不弯。
没有半声呻吟，
唯有战斗的呐喊！
火光映红游击队员的梭镖，
白狗子心惊胆战。
你烧尽了每根枝丫、每片绿叶，
只留下不屈的树干，巍然屹立，
粗大的根须仍紧紧抱住井冈山！

* 大井毛泽东旧居，有棵海罗杉。

啊，海罗杉，海罗杉，
你是不屈的英雄，大义凛然！

横眉冷对旧世界，你傲然站了二十年。
相传在开国大典那一天，
你蓦然间抽枝发芽，披上绿衫，
踮起脚跟向北京遥望，
每片绿叶重露出由衷的笑颜。
当毛主席“千里来寻故地”，
一夜间，你绽开最美的花儿，如簇簇火焰，
你结出最好的果子，比蜜枣香甜。
只有战士才理解你如此炽热的情感！

啊，海罗杉，海罗杉，
请馈赠我一片绿叶，珍藏在我的心间！

瑞金

位置

静静的会场，
喧哗着岁月的赞歌，
将军，你寻找什么？

是寻找青春？
青春在马背上度过，
汗珠化为星星的蜂群，
血滴开成马蹄边花朵。

肃穆的会场，
早已写进庄严史册。
将军，你寻找什么？

是寻找战友？
战友阳光般辐射，
活着的是绚烂晚霞，
躺下的是共和国基座。

将军终于停住脚步，
在极不显眼的位置，
在最后一排的角落。

双眉，扬起了欢乐，
眼波，澎湃着黄河。

解甲离休的将军啊，
告诉我，你寻到了什么？

钢印 *

要知道这颗钢印有多重?
只需问，奴隶世世代代的锁链有多沉!
毛主席领导奴隶砸碎枷锁,
铸成了这颗大印。

它铸着地球的图案,
全世界无产者心连心;
它铸着铁锤和镰刀,
百万工农要掌乾坤!

大印举起，惊散千年乌云,
大印盖下，催动亿万大军;
它印下新中国的雏形,
今天还留着毛主席手掌的微温!

钢印，阶级的意志，政权的象征,
钢印前我久久思忖:
不让手中的钢印还原为镣铐,
革命还得努力，中国必须飞腾!

* 瑞金中央革命根据地纪念馆里陈列着中华苏维埃共和国中央执行委员会钢印。

选民证*

它不像今天的选民证——
字迹烫金，纸质优等。
它用山区的土纸印成，
蓝油墨字迹不大工整。

然而，我要大声地赞美：
共产党把它发给贫苦农民。
它记载天翻地覆的历史风暴，
留着翻身奴隶欣喜欲狂的泪痕。

它高唱气吞山河的《国际歌》，
打开了亿万奴隶心灵的大门：
“不要说我们一无所有，
我们要做天下的主人！”

“枪杆子里面出政权”，
选民证啊，暴动霹雳中轰轰烈烈诞生。
为了维护它神圣的尊严，
枪膛里的子弹，该永远清醒！

* 瑞金中央革命根据地纪念馆里陈列着土地革命时期苏维埃政府发的选民证。

子弹*

他们走了，
遗留下一颗子弹。

它压进多少枪膛，
压进去战士灵魂，
英雄胆识，
呼唤着浴血的冲刺。

从红都瑞金，
过雪山草地，
燃烧的信念，
一路书写燃烧的历史。

一颗子弹，
呼啸了半个世纪，
那闪光的轨迹，
却不像流星消失。

一颗子弹，
擎起了万里蓝天，
衬着飘动的云朵，
是一面不倒的旗帜！

* 瑞金叶坪红军烈士纪念塔呈子弹形。

古田等

我爱苏家坡*

我爱苏家坡，
青山环抱多巍峨，
碧水缠绕流不断，
一株草木一首歌，
太阳曾在这儿落。

毛委员走过的羊肠道，
一条公路宽又阔；
毛委员讲过的拖拉机，
今天耕耘在山窝窝，
现实比梦想美得多。

当年平民小学旁，
红砖校舍一座座，
书声笑语比蜜甜，
少先队领巾艳如火，
红色传统不减色！

更有水力发电站，
高压电线穿山过，
撒出明珠千万颗。
要问电能从哪儿来，

* 1929 年 10 月，毛泽东在上杭古田苏家坡指导闽西特委工作。

红太阳留下光和热!

我爱苏家坡,
太阳光辉照山河,
杜鹃多情树婆娑,
山溪对我勤诉说:
毛主席是幸福的开拓者!

手电筒故事 *

手电筒，亮闪闪，
贫农紧贴心窝边。
穷人从来流苦泪，
今天泪水变香甜，
毛主席和人民心相连！

长夜千年星月暗，
路隘坡陡山崖险，
毛主席为人民谋解放，
操心穷人衣、食、住，
牵挂穷人行路难……

牵挂穷人行路难，
毛主席细把路指点。
电筒送到咱手里，
一束光芒似利剑。
领袖心意重如山！

带着它，去站岗，
茫茫夜色能望穿；
握着它，送情报，
高山低头路变宽……

* 相传毛泽东在苏家坡时，曾送一只手电筒给一位贫农。

手电筒故事说不完。

劈开夜幕扫雾幔，
迎来阳光遍人间。
黑夜里毛主席把路引，
丰功伟绩铸史篇，
手电筒是个小标点！

线毯的遐想 *

踏毛主席脚印串串，
我把当年的线毯寻访。
大爷说，穷人当年，
蓑衣当被，雨冷风寒……
大娘讲，毛主席当时
迎着雨雪，顶住风霜……

几十年沧桑变迁，
已无法找到那件线毯。
可是，我知道，知道了——
这线毯大如青天，
覆盖祖国冰封的水、雪压的山，
带着伟大领袖的体温，
长夜里，给人民无限温暖！

也许，它是草绿色的，
祖国春天才这般绿意盎然；
也许，它是鲜红色的，
祖国江山才这般红光灿烂。
哦，那丰收的稻浪、澎湃的油海……
可都是它的颜色印染？

* 相传毛泽东在苏家坡时，把自己用的线毯送给一位贫农大娘。

别遗憾这样珍贵的文物，
不能在革命博物馆里展览。
在祖国的千山万水间，
线毯啊，你永远温暖着我们的心坎！

瓷灯 *

它亮在古田风雪夜里，
如豆火舌却光芒四射，
毛泽东、朱德、陈毅围灯运筹，
灯光燃起熹微曙色。

几次老房东给瓷灯添油，
毛委员起草《决议》笔起笔落，
党和军队越过险滩恶水，
灯光下金桥横空架设！

几次毛委员从连队归来，
拍落了肩上雪花朵朵；
灯旁写就著名的长信，
灯光化作燎原的烈火。

啊，小小油灯并非神灯，
为什么具有无穷无尽的光热？
中国革命是辉煌的太阳，
映照着星星千颗万颗！

* 瑞金中央革命根据地纪念馆里展出毛泽东当年用过的瓷灯。

古田会议会址抒情

凝住神，屏住气，
轻步走进会址里。
仿佛毛委员正在做报告，
三山五岳奔腾至，
亲切的教诲响耳际。

朱红柱，贴标语，
几列桌凳排整齐。
讲台上贴着马、列像，
一面党旗光熠熠，
经受多少风和雨！

细瞻仰，轻抚摸，
当年篝火留痕迹。
要问光焰今何在，
天安门上映虹霓，
五湖四海飘红旗！

望讲台，牵思绪，
当年雾漫路崎岖。
革命真理——党指挥枪，
金光大道千万里，
毛主席亲手来开辟！

望讲台，豪情起，
红旗卷起农奴戟。
讲台是座大熔炉，
百炼革命好儿女，
闪闪红星谁能敌！

久伫立，感情沸，
似闻军号声声急。
再创辉煌志不衰，
大江东去永不息，
《国际歌》声遍寰宇！

星星之火颂*

这儿诞生那光辉的篇章，
处处逗我流连瞻仰。
光荣的历史页页动人，
伟大的诗篇壮丽辉煌！

多少古老的土墙，
红军标语闪烁光芒，
就是这星星之火，
映照出新中国的曙光。

古田会议纪念馆里，
陈列着大刀土枪，
就是这星星之火，
把蒋家王朝埋葬！

毛主席住过的树槐堂，
一盏瓷灯光洁晶亮，
就是这星星之火，
煮沸了五湖三江！

会址里地上几处焦黄，

---

* 1930 年 1 月 5 日，毛泽东在上杭古田写下著名长信《星星之火，可以燎原》。

那是红军烤火的地方,
就是这星星之火,
把天安门节日的礼花点燃!

我在古田流连瞻仰,
胸中激起万顷波浪:
“星星之火,可以燎原”,
革命真理永放光芒!

写在古田会议纪念馆里（组诗）

红星

走进古田会议纪念馆大厅，
是什么，把我周身照个通明？
仰头望：一叶叶黄灿灿的葵花瓣，
簇拥着一颗巨大的红星。

啊，红星吊灯，你像红军的帽徽，
万道光芒照彻我们心灵，
当年它只像星星火苗，
如今云蒸霞蔚，似红日东升！

“星星之火，可以燎原”，
伟大的预言山呼海应；
革命烈火烧出红彤彤的世界，
淹没了“红旗打多久”的悲鸣……

今天，红星早镶在庄严的国徽上，
灿烂阳光照亮祖国千山万岭；
此刻，红星照耀在纪念馆大厅，
讲述着，共产党赋予它无穷的生命！

红旗 *

就是你吗？让毛主席写进光辉诗句，
挟闪电千道，裹雷霆万里。
“红旗跃过汀江，直下龙岩上杭。”
一道红色巨流席卷闽西。

就是你吗？点燃万丈烈火，
唤醒千年的奴隶，
戴起袖标，举起刀戟，
分田分地，焚烧田契……

站在你身旁，我听见：
秋收起义的炮声，震撼天宇；
站在你身旁，我看见：
大渡河里的激流，奔腾湍急……

红旗是中国的骄傲，
经纬里有共产党的呼吸。
为了让红旗永不落地，
我们跟一切腐败势不两立！

* 古田会议纪念馆里陈列着中国工农革命军军旗和中国红军第四军军旗。

土枪

就像数百年的出土文物，
铁锈斑驳，简陋笨粗，
准星一半残缺，
机栓早已腐蠹。

就是它呀，正是它，
破天荒把奴隶的愤怒喷吐：
暴动，斗争，革命，
千年牛马要当家做主！

它掀起狂飙，海啸山呼，
叫土豪劣绅狼嚎鬼哭；
它喷吐烈火，熔星化月，
把中国来一番冶炼锻铸！

古田会议决议是它真正的准星，
“党指挥枪”，使它威力难估，
历史的辩证法就是这样——
有了正确的路线，就有光辉的日出！

红军的药物*

我面前拉开了历史的幕帘——
子弹呼啸，硝烟漫卷，
硝烟里闪烁着一颗红星，
卫生员把药物坚壁在墙壁里面。

别说发黑的破絮比不上雪白的药棉，
鸡毛、冬笋头和菖蒲叶毫不惹眼，
在那开天辟地的艰难岁月里，
它医治了英雄万万千千。

多少战士重返前线，叱咤风云，
红心更红，铁骨更坚，
革命前辈扛起了万里江山，
这也有“菖蒲叶”的一份贡献！

红军给咱们留下了这份珍贵遗产，
汀江水流淌着闪光的语言——
只要流水永远不枯，
革命传统代代相传！

---

* 红军福建省军区临时中医院转移时，把破棉絮、鸡毛、冬笋头和菖蒲叶坚壁在墙隙里。

《决议》的油印本*

这一本，在万籁俱寂的深夜里印成？
封面上还晃动着油灯的微光。
那一本，在炮火连天的战壕中诞生？
每页纸都被浓浓的硝烟熏黄。

也许，为了刻完最后一张蜡纸，
几夜没睡的战士晕倒在油印机旁；
也许，当订好最后一本《决议》，
敌人的刺刀顶住了战士胸膛……

不断地刻呀，印呀，订呀，
天上有多少星星，它就该有多少数量。
千百万战士渴望着得到它啊，
就像鱼儿需要水，婴儿需要娘！

准星需不断校正，
《决议》是党和军队成长的乳浆。
这就是为什么会有这么多油印本子，
枪林弹雨中在天南地北飞翔……

* 《古田会议决议》有各种油印本。

光荣亭基石

当红旗跃过汀江，
画一道绚丽虹霓，
杜鹃花云霞灿烂，
光荣亭开始奠基。
月色下，晨雾中，
才溪是俊俏的少女，
忙为红军洗军衣，
红军裳染绿五百里汀江，
洗衣歌撩动千万层涟漪……
夕照中，晨曦里，
才溪是英雄的母亲，
送多少儿女参军杀敌，
“百个人中有八十八个当红军”，
才溪草鞋踏遍祖国大地……

啊，光荣亭巍巍屹立，
她的基石，筑在人民心底！

才溪土墙曾熬过硝盐，
才溪翠竹把红缨高举，
自织的土布厚实温暖，
翻造的子弹化成闪电霹雳。
丈夫上前线血洒沙场，
妻子在后方肩拽铁犁；

发涩的春笋果腹充饥，
给游击队送去白花花的大米！
当乌云抹黑才溪山水，
鲜血浸红光荣亭废墟，
母亲给刚诞生的婴孩命名，
铿锵名字神惊鬼泣：
“红军哥”“红军妹”，
思念和信念交织在一起！

啊，光荣亭巍巍屹立，
她的基石，筑在人民心底！

当才溪又山青水绿，
多少将军来寻历史踪迹，
多少企业家重返故乡，
止不住豪情化为泪滴。
一堵堵不倒的土墙，
那是才溪人坚韧的腰脊！
《才溪乡调查》旧址，
当年笑声余音如缕……
光荣亭朱柱画檐，
不减烽火年代威仪。
传说中华人民共和国成立后此亭重建，
建筑工找不到当年地基，

老赤卫队员信手指点，
挖下去，果真不差毫厘……

啊，光荣亭巍巍屹立，
她的基石，筑在人民心底！

红军 ABC（组诗）

红军井

它本无名，
取名的是普通百姓，
饮水思源，
就叫“红军井”。

井不深，
水很清，
我未饮，
口生津。
它在大地怀里，
滋润着我的生命。

红军街

这么多红军标语，
聚集在这条街！
锁住我的目光，
让人穿越岁月。

红军总部旧址，
多少脚印化为碧血。
依稀有领袖身影，

脸容憔悴亲切。

彳亍行，细细想，
不由得壮怀激烈。

红军标语

中央苏区，
今天还常见红军标语。
唤醒劳苦大众，
奋起暴动起义。

那是信念的呼喊，
那是理想的洗礼，
那是初春的惊雷，
那是黎明的晨曦。

偶尔会有错字，
偶尔歪斜字迹，
书写者识字不多，
或者小小年纪。

革命已经成功，
他们几人重返故地？

生命化为笑声，
萦缠着飘扬的红旗。

我们沐浴阳光，
不能把他们忘记。
面对标语沉默，
我眼角噙着泪滴。

红军莲

到建宁，
看荷田，
万亩荷花夺人眼，
清香透心间。

侧耳听，
花欲言，
幸福陶醉皆嫣然，
忆起一九三一年。

总政委，
毛泽东，
路过百丘莲塘边，
看到有田黄土掩。

没二话，
裤管卷，
清理黄土救“花仙”，
战士们跟着干犹酣……

佳话随着花香传，
花香传遍百里远，
百姓不忘领袖爱，
至今犹说“红军莲”。

红军小后方

建宁水尾村，
红军小后方，
一个个革命旧址，
一座座木头老房。

游击队司令部，
运筹帷幄人来往；
苏区银行，
岁月深处算盘响；
苏区兵工厂，
铁炉火正旺，
锤声叮叮当；

红军被服厂，
十天能生产
草鞋两千双；
红军医院女贞树，
风吹细语喃喃讲：
当年彭德怀患疟疾，
女贞树叶成药方……

小村庄，
闽江源，
水尾流出大闽江，
闽江滔滔水流长。

红军出发地

四根大理石巨柱，
直指蓝天，
顶端斜依相连，
托举着一颗红星：
红星里铁锤镰刀镶嵌，
标志着中央苏维埃政权。

从宁化出发一万四千多红军，
近一半宁化籍儿郎，

父送子,
儿别娘,
风萧萧兮闽水寒,
那情景何等悲壮!
明知征途多艰险,
可知十去九不还?

长征出发地纪念广场,
我久久伫立冥想,
胸中风卷波浪,
眼里潸然泪光……

红军军号谱

无论你识不识谱,
站在它面前,
都能听到军号嘹亮。
它撕裂黑夜,
它直冲霄汉,
它沸腾血液,
它震颤敌胆。
催动铁流二万五千里,
冲刷百年血腥。
它吹出新中国黎明,

它敢怼霸权欺凌，
它捍卫花团锦簇。
风展红旗在前，
不忘使命在肩，
无数次牺牲，
无数次冲锋……
军号啊，
我们时刻等待着
你的号令！

无名红军墓

静躺在武夷山张山头，
1343 座无名红军墓，
化为郁郁葱葱的竹林，
横亘连绵一千多亩。

三块青砖一个编号，
绵绵青山埋忠骨。
葬者没留下死者姓名，
只因为害怕连累家属。

老奶奶的奶奶讲述，
他们大多二十未出。
年年百姓前来祭奠，
条条红飘带系上翠竹。

他们没尝过爱情美酒，
更别说天伦的幸福。
为了一个共同信仰，
长眠在默默大山深处。

一别便成痛苦永诀，
他们和自己的父母。
正是无数血肉之躯，
铸造共和国坚实的基础。

初见延安

从长途车车窗，
第一眼看到延安——
那是宝塔山上的宝塔，
我胸中陡起波澜。
从未亲眼看见，
梦中一再出现，
啊，宝塔，
啊，宝塔山！

搁下行装，
我便登攀，
山顶风吹开衣襟，
我眼中泪花闪闪。
匍匐在脚下的延河，
细细浅浅，
我未生在延河畔，
喂养我的有她的乳汁，
不由得波澜翻卷。

延河两边，
一边凤凰山，
一边清凉山，
王家坪在清凉山后面，
更后面的是杨家岭，

最远处的是枣园……
多少故事，
多少诗篇，
等着我去品读学习，
这是心灵的洗礼，
这是党性的锤炼！

枣园

这里有抗日战争时期
“中南海”之誉，
一个个领袖旧居
讲述着一个个革命传奇。
《毛泽东选集》，
二十八篇诞生在这里，
枣园灯光
化为不朽字句。
中央小礼堂，
毛主席演讲
“为人民服务”的道理，
这里曾做出一个重要决议——
重庆谈判，
毛主席出席。

枣园草木那么葱绿，
枣园功绩历史铭记。
当年军民同心协力，
挖出了一条幸福渠，
波光粼粼穿园而过，
至今依旧喃喃细语。

不逢枣熟季节，
不见枣红枝低，

但我看见累累果实，
挂满了祖国山川大地。

和延安纺车谈心

在南泥湾纪念馆里，
在领袖们窑洞的床头，
一次次见到你啊，
纺车——我一见如故的挚友！
告诉我，怎样碾碎封锁，
怎样把沉沉夜色撵走，
纺出解放区金色的黎明，
纺出共和国灿烂的春秋？

　　不细谈那一片如水月色，
　　千百辆纺车亮开优美的歌喉；
　　不细讲那一次纺纱比赛，
　　任弼时头奖的纺车披红挂绸……
　　诗人啊，你该思索深刻哲理：
　　为什么和我一样的骨肉，
　　千百年纺不尽贫困和痛苦，
　　千百年历史运转吱吱啾啾？

一席话使我想起你历史悠久，
有比封建史更加绵长的忧愁，
漫漫纱线曾绊住时代步伐，
共产党人开始你理想的追求！
当革命握住了纺车把手，
简朴也成为光荣的不朽。

历史翻过了沉重的几页，
我祝贺你幸福离休。

离休不等于离开战斗，
我真想走遍十四亿神州。
每一台现代化机器的马达，
都该有我特制的转轴；
每一个中国人心脏的搏跳，
都该有我强力的节奏。
我还想走进老八路梦中，
纺一片夕阳余晖，温柔，温柔……

别延安

车后，消失了
渐渐消失，
心中，清晰了
更加清晰——
宝塔山宝塔
挺拔的雄姿！
关山度若飞啊，
万里如咫尺，
我奔向她——
像个从未见过亲娘的孩子。
乍聚又别，
此刻，牵动离情
有一万首诗！

延安四天，
胜过四年
攻读纸上历史。
我看见了
画成今天蓝图的
延安马兰纸；
我寻到了
建造伟大共和国的
凤凰山基石；
我相信了

虽未在延河边成长，
但哺养我的
是延河的乳汁。
延安的纺车啊，
简陋原始，
但纺出希望的黎明，
该会在祖国大地
纺出神话般故事；
延安的道路啊，
依然坎坷，
曾奔腾无敌的枪刺，
该不会在未来
崇山峻岭中消失。
也许难再重逢，
此生此世；
我频频回首，
像烽火洗礼过的战士。
延安啊，
你是朝霞般灿烂的旗帜，
我是旗上的一缕红丝！

卢沟桥等

触摸民族的脊梁

卢沟桥畔，
抗日战争纪念馆，
我看到毛泽东手迹
“巩固统一战线”，
看到表现彭德怀的木刻画
指挥百团大战，
还看到八百壮士佩戴胸前
英雄团长谢晋元……

四川大邑，
拜访传奇收藏家樊建川，
听他娓娓叙谈，
与他合影留念。
“中流砥柱”——
一根大红柱子映进眼帘，
18 米高 1.8 米直径，
和八路军第十八集团军关联。
八路军臂章、手枪，
游击队大刀锈迹斑斑，
还有当年出版的《论持久战》……

我参观冉庄，
村口老槐树已经枯干，
大铁钟依然高悬，

钟声在心中轰然震颤！
中国大地有万里长城，
地下长城一样蜿蜒。
我游览白洋淀，
芦苇荡一望无边，
仿佛“雁翎队”正在出没，
几只野鸭扑腾着飞上蓝天……
嘎子的笑容依然天真，
却燃烧着仇恨的火焰。

我触摸中华民族的脊梁，
从心底里高喊：
中国共产党，
抗日力量的中坚！

磅礴音符

黄土高原:
望不尽亘古,
望不尽黄土……
凭空冒出岩石峡谷,
把九曲黄河,
收于一壶。

万钧雷霆,
壶口喷出,
一声声,
此起彼伏,
都是《黄河大合唱》中的
磅礴音符。

血脉偾张,
血热千度。
太阳知我心,
把彩虹挂在她的胸脯。
我禁不住张臂高呼:
这就是我们母亲河,
这就是伟大的中华民族!

人民的乳汁

这是真实的故事,
救活两个小八路,
沂蒙红嫂用自己的乳汁。

人民乳汁,
喂养了英雄,
书写出一段辉煌的历史!

穷凶极恶的侵略者,
武装到牙齿,
也只能在人民汪洋中淹死。

故事无华朴实,
却是最温情的诗,
人民哺育了最勇敢的儿子!

西柏坡，最后的农村指挥部

四月春雨，
细润如酥，
我们来到西柏坡，
聆听历史倾诉。
三大战役，
在这里运筹帷幄，
决战千里，
这是农村最后的指挥部。

新中国从这里走来，
领袖们迈着自信的脚步。
山村还是山村，
柏树青翠如故，
我心春雨滋润，
我脸春风轻拂，
真想高歌一曲，
红日心中喷吐……

七届二中全会会场，
党旗高挂肃穆，
我静静坐在长椅上，
一任心潮起伏。
进京赶考的话语，
轻敲我的耳鼓，

长路漫漫接漫漫征途，
别负了岁月的嘱咐！

热血春秋

歌乐山红岩群雕，
敌忾同仇。
双脚屹立大地，
镣铐扣进血肉，
铁链斑驳粗若碗口，
直把地层穿透，
直至地下展室，
沉甸甸压我心头。

摸一摸，
冰寒滑溜；
听一听，
十万座火山怒吼。
共产党人满腔热血，
书写了一页不朽春秋。

功劳车 *

望着那辆手推车，
谁的心不陡起洪波？
淮海战役，
88 万辆支前车
汇成了滚滚长河，
难怪领袖们说：
胜利
是人民用小车推出来的！

当年有歌传，
听了心头烫：
“最后一把米，
用来做军粮；
最后一尺布，
用来做军装；
最后老棉被，
盖在担架上；
最后亲骨肉，
含泪送战场。”

小推车啊功劳车，
你对我们说什么：

* 徐州淮海战役纪念馆展出一辆泗水县模范运输团运粮的“功劳车”。

得民心者得天下，
血铸钢打大法则！

航灯 *

红、绿、白信号弹划破墨黑夜空，
呼啸的子弹卷起阵阵旋风，
一江波涛明灭着暗红碎金，
炮火大声呼唤祖国的黎明！

哪里是胜利前进的航线？
满眼波涌浪卷，光闪烟腾。
潜伏的暗礁水底狞笑，
湍急的漩涡滚着雷霆。

啊，江面上升起了，升起了红色航灯！
任急流把它摔进波谷，扔上浪峰，
它打不沉，扑不灭，心红骨硬，
光闪闪，引导渡江的百万雄兵。

炮弹密集，它身旁腾起冲天水柱；
子弹嗖嗖，它周围编织烟雾蒙蒙。
也许，它曾经粉身碎骨，
是工人的热血，使它重燃火红的生命！

燃烧着人民的期望，燃烧着人民的忠诚，

---

* 江西革命烈士纪念馆里陈列着一盏马当要塞渡口引导解放军横渡长江的红色航灯。

航灯红光万道，铺出胜利的航程。
近百年来我们军队战无不胜，
正因为在他胸中，高挂着人民的航灯！

夜读《革命烈士诗抄》

门窗上洒满了皎洁月光,
就像蘸上了银亮白霜,
和风送来美妙音乐,
也送来夜来香芬芳。
我翻开《革命烈士诗抄》,
在这美妙的夜晚。

渐渐,
身旁一切都消失,
我置身一片刀光剑影,
寒风猎猎,
大雪纷纷。
“砍头不要紧,
“只要主义真!”
声音撕裂黑夜,
呼唤黎明,
一笔一画,
镌刻我的心灵。

渐渐,
泪水模糊了眼睛。
胸膛里热血奔涌,
直至沸腾……
壮志未酬身先死,

后人能不泪满襟?
啊，我的前辈，
我的至亲，
九泉之下莫挂念，
血染的红旗我们擎，
脚步不停奔复兴!

门窗上洒满皎洁月光，
芬芳里充盈淡淡忧伤。
煤油灯下一本翻开的诗集，
纸张微微发脆泛黄，
它在我心中点燃熊熊烈火，
烈火烧成了一轮太阳……

将军楼

纪念青藏公路之父

格尔木，
有一座公园，
鲜花盛开草木扶疏。
昨天为了今天，
以忠诚和生命开路；
今天为了昨天，
以深情和热爱守护。
将军楼公园啊，
青海又一片美丽盐湖。

鹭岛木棉红

红旗的旗杆是您伟岸的姿容，
笔直高大的躯干直指万里云空；
花开得灿烂是红旗美丽的颜色，
千朵万朵花儿燃烧得天空火红。
啊，鹭岛的木棉树，
看到您我就想起革命先锋，
想起厦门革命先烈，
想起无数长眠与活着的英雄！

夜晚我走过厦门大学囊萤楼，
雪白灯光亮如白昼，
这儿诞生厦门第一个中共党支部，
地下秘密灯光火舌如豆。
罗扬才，
中共厦门第一个党支部书记，
厦门第一个总工会委员长。
他让呜咽的鹭江卷起洪流，
他让黑暗的天空发出怒吼。
临刑时他高唱《国际歌》，
歌声今天还在我们心窝里停留。

我的目光曾撞击思明监狱的高墙，
心胸里掀动拍天巨浪。
当新中国诞生的礼花在天安门前满天绽放，

刘惜芬和战友们横眉冷对刽子手的刀枪;
当厦门解放的炮声隆隆萦绕耳旁,
刘惜芬和战友们含笑走向刑场。
年轻的共产党员生命如花美丽,
蓬勃的青春是喷薄的朝阳,
他们把青春和生命都交给黎明,
献给了崇高伟大的共产主义理想!

每当我走近鼓浪屿好八连的军营,
总不由得把脚步放轻,
那儿曾长眠着一个共产党员,
为解放厦门浴血牺牲。
王兴方,
中国人民解放军团长,
没让他将出生的女儿叫一声父亲,
就在这如诗的小岛上留下人生最后的脚印。
临死时他唯一的交代——
让他的坟头对着台湾、金门。

鹭岛的木棉树啊,
你那么伟岸高大,
原来是英雄的脊梁支撑;
鹭岛的木棉花啊,
你如火一般鲜红,

原来是烈士的鲜血染成！

人生有许多记忆，
城市有许多记忆，
我的记忆里有许多共产党员，
许多共产党员在厦门的记忆里。
建设厦门海堤——
移山填海的壮举，
多少共产党员走在最前列，
生命和汗水化为跨海的手臂！
从此鹭岛变为半岛，
祖国岩石巨臂把厦门举起，
举的是永不凋谢的花束，
缤纷的鲜花怒放草木四季常绿。

厦门人不会忘记“前沿十姐妹”、
不会忘记平凡岗位上的巫秀美、
不会忘记民兵英雄洪顺利、
不会忘记马塘书记带领“银鹭”蓝天里飞……
刘维灿从美国牵来一匹骆驼，
跨过了千山和万水。
从新中国第一代女飞行员身上，
我们看到共产党员理想的高远深邃……

鹭岛的木棉树啊，
你那么高耸入云，
原来融进了共产党员的灵魂；
鹭岛的木棉花啊，
你朝霞般燃烧，
莫不是共产党员理想的象征？

朋友，如果你来到厦门，
如果你来于早春，
请在木棉树下伫立，
请仰望木棉花致敬。
木棉树的躯体是旗杆的高大，
木棉花的颜色是红旗的殷红！
它就像共和国红旗，
他屹立在我们心胸；
它就像共和国红旗，
她燃烧在我们心中。
鹭岛木棉红啊，
鹭岛木棉红……

第二章

万里长征

长征路

很少人像我
这样幸福：
鞋底沾着瑞金红土，
裤管缠绕娄山关云雾，
大渡河浪花吻过衣襟，
草地花香脸旁轻拂……
万水千山脚底下匍匐，
我走过红军长征路！

长征路上我想起长城——
宇宙飞船上鸟瞰
地球上唯一可见的建筑；
长城城头我想起长征路——
昨天、今天和明天
我们民族无比艰难的征途。
抚摸泸定桥碗口粗的铁索，
铁索珍藏进我神经中枢；
捧起腊子口血染的沙砾，
沙砾变成我的无价珍珠；
宝塔山和我一起沉思，
沉思中挺直我弯曲的脊骨……

多少路，
只在历史的瞬间飘忽，

长征路啊，
你横亘在中华民族魂的深处！
既然两千年前你能外化为万里长城，
今天该不会是喜庆宫灯上的一簇流苏。

问路

告诉我啊，
长征路，
多少险山恶水
在你脚下匍匐？

以前我认识你，
从教科书，
从回忆录，
从精美的象牙雕塑。
今天啊，
请在我脚下展舒！

走过闽西崎岖小道，
红杜鹃曾向我娓娓倾诉；
但毕竟走惯繁华大街，
霓虹灯把生活印成彩图。
长征路啊，
我不成熟，
请给我金沙江血液、
泸定桥脊骨，
或者，夹金山一捧晶洁的冰雪，
毛尔盖一撮润湿的泥土！
哪怕是你小草尖的露滴，
也会成为我心灵里的珍珠。

告诉我啊，
长征路，
多少名山大川
将藏进我的心腑？

云石山 *

玲珑、秀气，
连岩石也像云絮，
谁想得到，挽着她的手臂，
娄山、雪山、六盘山……
十万大山崛起，
成了中华民族的背脊！

这是一个起点，
失败和胜利
是它的延续。
哦，伟大的旅程，
起点未必就辉煌壮丽！

---

* 瑞金云石山，被称为长征第一山，高不到百米。

于都河，万水千山第一河

历史记得：
千家万户送粮送菜送蛋，
送来了八百多条船，
送来床板门板寿板，
帮忙架设浮桥的乡亲过万……
乡亲们记得：
红军指战员眼中泪光闪闪，
他们说一定会回来，
一定把家还，
然而，许多人再也没回返……

多少人记得那一个夜晚，
先是夜黑墨染，
后升起月亮，
那月光些许凄惨。
没有人知道要去哪里，
是不是去打仗？
萧瑟秋风凉，
前程雾茫茫……

于都河，
万水千山第一河，
接着湘江，
接着大渡河，

接着赤水，
一直到延河，
每一滴水都知道革命艰难，
每一滴水都把英雄歌唱。

我伫立于都河边，
听着手机里《十送红军》，
一阵心疼，
老泪潸然。

湘江之战

新圩之战、
界首之战、
觉山之战……
近四万红军儿郎，
命丧湘江。
滚滚江水为之变色，
历史为之震颤！
广西新安
“三年不饮湘江水，
十年不食湘江鱼”，
悲痛民谣至今流传。

长征的八万六千红军中，
闽籍工农两万八千，
多少人壮烈牺牲，
化为纪念碑
屹立在湘江两岸？
单单“绝命后卫师”——
就有六千人在此长眠。

湘江战役惨烈，
红军命悬一线，
历史翻过这沉重一页，
后人岂可轻轻淡忘？

客家姑娘*

她那么美，
犹如建宁的一朵莲花。
合影发到网上，
有朋友惊呼艳遇。

你知道我想些什么吗？
我刚从红军长征出发地广场回来，
想起十送红军的妹子，
红军中有几千个宁化儿郎，
他们没有回家，
血洒湘江，
命丧长征路上。

客家祖地，
曾有多少善良的姑娘，
从此失去兄长，
失去丈夫，
青春和生命从此黯然。

姑娘啊，
我们萍水相逢，

* 在宁化天鹅大酒店，偶遇一位客家姑娘，她爽快答应和我们一一合影。

你把美丽留在我记忆中，
也留给我无尽忧伤。

遵义会议会址随想

当胜利的红旗，
插上这座军阀的官邸——

假如革命，
红漆回栏上斜倚，
欣赏凤凰山，
雪粉冰雕如玉；
假如长征，
跷腿在靠背藤椅，
听巨大挂钟，
弹奏缤纷的谣曲；
假如让豪华阔气，
装点梦境的绮丽，
绑腿从此解下，
地图锁进抽屉。
那么答案明白得
犹如一加上一。
那么，这里
不过是宽敞的墓地。

历史事件，
往往比较清晰。
而人生逆旅，
有时使人沉迷。

同志啊，当你的事业，
从险山恶水，
跨进富丽堂皇的境地，
你是否踌躇满志，
从此安居？

娄山关，历史的门槛

登上大尖山，
眼前云雾翻，
回望来时路，
茫茫皆不见。

云雾开，
沉吟间，
如海群山拥眼前，
黔川公路飘如线。

遵义战役第一战，
鏖战娄山关。
穿时空，
霜晨月里闻大雁。

刺梨花正开，
朵朵红艳艳。
弯身捡起一弹壳，
和平年代见硝烟……

赤水河

赤水河，
三省崇山峻岭间，
蜿蜒曲折，
红军长征红箭头，
在其间往返穿梭。
几十万敌军箍成的铁桶
一次次被冲破。
四渡赤水，
是用兵的得意之作，
毛泽东主席如是说。

多年以后，
《长征组歌》唱遍中国。
“毛主席用兵真如神”，
萧华上将如是说。
皋兰山下，
将军办公楼，
我们询问将军
歌词创作具体如何，
将军朗朗一笑，
一笑带过。

历史不会淡忘，
那一支衣衫褴褛的军队，
如何打下共和国的基座。

树疙瘩的传说 *

拨开暴雨幕帘千层，
一支军队到达化林。
单衣湿透紧贴肌肉，
饥肠百结牙关发冷。
不拿老百姓一针一线，
露宿的篝火温暖了整个山村。

红军来时，风雨迷蒙；
红军去处，山水险峻。
篝火灰烬中留下的树头，
被一位大嫂放进神龛里供奉，
供奉穷人深沉的寄托，
也给“人”蒙上“神”的光晕……

小小传说何等动人，
长征的胜利温故知新。
树疙瘩扎根在我的心中，
长成一片神奇的森林——
它日日夜夜向我诉说，
一部宏伟而形象的社会学论文。

* 泸定桥革命文物陈列馆陈列着当年红军篝火没燃尽的一个树疙瘩。

巨琴

从未见过这样的琴弦，
绷紧在大河高山，
奏一曲冲天凯歌，
响彻史册，长留人间。

千丈长的铁链，
粗若海碗，
谁能弹奏如此巨琴？
高山沉默，御碑*无言。

当英雄红军飞夺天堑，
沉睡的古琴才响彻云天。
我抚摸着冰凉的铁索，
沸腾的大渡河心头飞溅。

* 泸定桥东岸有康熙的御碑。

泸定桥吟咏

十三道闪电
呼啸着劈空而过，
冰天中凝成
寒闪闪的铁索；
二十二名红军的血液
在铁索中流着，
大渡河日夜轰响
强有力的脉搏。
于是，历史不再断裂，
笑靥代替漩涡，
鸟儿难于飞越，
成了遥远的传说……

啊，泸定桥，
答应我，
托我走过人生，
伸出你无限长的胳膊！

安顺场怀古

大渡河畔，
历史名镇安顺场。
我临风伫立，
犹如那纪念碑头像。
大脑沟回里，
激荡千万叠波浪。

捡起一枚鹅卵石，
血红的石纹，
还闪烁着历史火光。
不必为石达开惆怅，
不必为太平军悲伤，
正是历代人民前仆后继的血肉，
铺出红军通往胜利的桥梁。
你看：纪念碑，
凝望大渡河奔来的远方，
正沉浸在庄严思想。

大雪山

望着你，
我凝聚千年严寒，
我的呼吸——风雪，
我的肌肉——冰岩，
历史硝烟，
呼啸过我的面前。

高寒缺氧，
辘辘饥肠，
穿草鞋的队伍，
把你登攀。
当红旗在雪峰顶招展，
血液注入冰的血管，
啊，大雪山，
你使一切皇冠黯然。

草地花开

翠绿绿的底，
灿黄黄的花，
微隆的是羊群，
凸起的是牛马。
牧女的歌声顺风飘，
赶来几朵霞。
看一眼，
我惊讶：
死亡阴影哪儿去啦？
看两眼，
心沉醉：
蓝天不及地毯大。
是谁双手巧剪裁，
一条公路通天涯？
千万眼呀
看不够，
亲亲草地我躺下。

小草儿，
贴脸颊；
小花儿，
唠着话：
红军昨天脚印留，
藏民今天汗水洒，

经经纬纬织线毯,
织成这幅画……

腊子口抒怀

仰望峭壁间蓝天，
我魂动目眩，
深深不可见底——
远天一线，
苍鹰也难盘桓。
腊子口天险，
愁白了岷山容颜！

俯视脚下群山，
我飘然欲仙，
托我到白云之上——
公路千曲百旋，
像数条金蛇银链。
腊子口天险，
平添了开路奇观！

千万个无名英雄，
征服了前天和昨天。
今天，该由谁
书写更灿烂的诗篇？
什么时候，时间
不再凝固于岷山雪冠，
不再蹒跚于西北高原？

哈达铺

当归飘香的季节，
我们来到哈达铺。
回民聚居的地方，
当年来了红军队伍。
他们纪律严明，
尊重民风民俗。

一张敌人报纸，
明白了该去何处。
陕北有块根据地，
那是徐、刘部。
民心向着共产党，
山丹丹花开红簇簇。

那是一片新天地，
延河长，宝塔矗。
哈达铺整编明方向，
长缨在手苍龙缚！

长征路上，留下我生命的刻痕

人生有许多记忆。
我生命的一些刻痕，
留在重走红军长征路途中。
闽赣作家访问团，
揣两省作协和省军区介绍函，
揣七十个白天和夜晚，
出发于 1983 年夏天。

瑞金云石山，
长征第一山。
高不上百米，
石如云朵，
挽起千座高山。
五岭乌蒙娄山关，
大雪山六盘山宝塔山，
挽起一个个历史坐标。
耳旁萦绕着《十送红军》，
眼泪随凄美的歌儿流淌。
车过湘江，
几十年流水洗不尽一江血痕，
三万名闽西儿郎九死一生，
命丧于长征路上。

我视泸定桥为巨琴，

碗口粗的铁索是其琴弦。
红军把巨琴弹响，
气壮山河的旋律余音袅袅。
我在安顺场上怀古，
大渡河为石达开冤魂呜咽。
老船工帅士高讲当年故事，
我一声叹息血沸千度。

仰望腊子口蓝天，
我魂动目眩。
远天一线，
苍鹰也难盘桓。
何等天险，
愁白了岷山容颜。

俯视六盘山下，
我飘然欲仙，
托我到白云之上，
公路千曲百旋，
像数条金蛇银链。
千万个无名英雄，
征服了前天和昨天。

皋兰山下，

肖华将军谈笑风生，
他揭示长征胜利的秘密。
古田会议纪念馆里的红军包袱布、
泸定纪念馆里烧焦的树疙瘩，
都闪现在我的眼前。
哈达铺军队休整不吃猪肉的严明纪律，
娓娓诉说，
党和军队之所以战无不胜，
是因为把人民装在心中。

当我把延安宝塔的雄姿藏进心窝，
当我和延安的纺车悄悄谈心，
我知道长征路镌刻进我的生命，
我将成为鲜红党旗上的一丝纤维。

第三章

不忘初心

鱼水情

没有水，
便没有鱼；
有了鱼，
水活了。
鱼水的故事千万年，
这百年历史，
演绎得何等深刻，
感人至深！
人民是水，
党和军队都是鱼。

不甘为刀俎上的鱼肉，
人民揭竿而起。
水可养鱼，
让鱼成了龙；
水亦可杀鱼，
令鱼胎死腹中。
我们党，
千锤百炼铸造军魂，
千方百计校对准星，
这支军队便一往无前，
百战百胜。
从身无分文的方志敏，
到上海解放黎明那

露宿街头的百万大军，
你感受的是铮铮铁骨，
你见到的是赤胆忠心……

数不尽天上星星，
唱不完鱼水深情。
不忘初心，
便是不忘历史，
不忘使命，
不忘英雄，
更不能忘了人民！

大笔如椽（组诗）

第 1 支笔
厦门，万石岩畔革命烈士纪念碑

绿茵茵的草地上蹦蹦跳跳，
红领巾燃烧簇簇火苗。
白晃晃的石阶路拾级而上，
我是一只学飞的小鸟。

抬头仰望：
洁白的云朵含苞欲放；
侧耳聆听：
岁月深处音符闪耀。
巍峨的纪念碑哟，
把蓝天擎得多远多高！

先烈在黎明时死去，
耳旁缭绕着天安门礼炮；
死去时没有倒下，
碑上刻着永恒的微笑。
这是生命铸成的巨笔啊，
书写着人民幸福我的骄傲！
我把它立在人生入口处，
魂牵梦绕，
夕夕朝朝……

第 2 支笔
北京，天安门广场人民英雄纪念碑

矗立于广场中央，
植根在祖国心脏，
一百多个春秋年轮，
托起中华灿烂的太阳！

它和珠穆朗玛峰比肩，
披一身银光皑皑的风霜；
在它脚下漫步沉思，
听得见历史脉搏的雷响。
它是巨大天平的支架，
把一切都放在自己肩上：
量民意、党心、国运，
也量苦难、奋斗、理想……

第一次把它凝望，
我胸中喷发岩浆；
多少回偎近它身旁，
我畅游思想的海洋。
只要苍天不老，
它便奋写不朽的华章！

第 3 支笔
松潘，川主寺红军长征纪念碑

脸上遵义曙光如画，
衣角大渡河波涛喧哗，
草鞋雪山寒气犹存，
手中草地盛开的鲜花……
红军战士啊，
金碑上你英姿焕发！

我沿着你的脚印，
千山万水横跨，
读懂你纵情欢呼，
热泪滚落我的脸颊。
英雄前辈啊，
献给你每天的彩霞！

你的岁月虽已遥远，
但你站成今天的灯塔。
心中燃烧着你的理想，
长征续篇在我们脚下！

第 4 支笔
抚顺，望花区雷锋同志纪念碑

这是一把排笔，
刷写着几代人的人生。

“雷锋”，
每当我想起这个姓名，
血脉中溪水潺潺，
心湖里波光云影。
温情脉脉的春风，
鼓满我少年心灵，
直到几十春花开花落，
霜雪染白我的双鬓。

一名中国普通青年，
从深层次把人性唤醒，
他以士兵的名义捍卫
人类不能沦落的文明。

第 X 支笔
厦门，集美陈嘉庚鳌园纪念碑

八次出洋，
叶落归根，

这支笔属于一位老人，
他写一生的梦：
写出了厦门大学，
写出了集美学村，
写出了红楼幢幢，
写出了绿草如茵，
写出了受尽屈辱的民族
渴望腾飞的灵魂……

老人的笔传给我们，
等我们叱咤新世纪风云！

第 X+1 支笔
厦门，万石岩畔安业民烈士纪念碑

只有二十一岁，
永远二十一岁，
家在遥远的辽宁，
他却在东海滨长睡。
那一刻炮火纷飞，
那一刻军旗低垂，
为了共和国领土完整，
他黯淡了双眸光辉。

这支笔写出民族隐痛，
笔笔画画饱含伤悲。
我向来滴酒不沾，
却渴望携酒到此一醉，
那一刻，
海峡两岸吐气扬眉，
大江南北欢呼如雷……

第 X+2 支笔
鼓浪屿，毓园林巧稚大夫纪念碑

这是一个宁静的世界，
只有小草轻轻摇曳，
绿茵滴翠草香弥漫，
汉白玉雕像无瑕光洁。
未曾当母亲却成万婴之母，
在生命的终点回故乡安歇。

似平平凡凡，
也不轰轰烈烈，
这类碑寥若晨星，
光辉却皎如满月。
月色如水如雪，
滋润人类“爱”的伟业……

第 X+Y 支笔
中国，长城内外不计其数的纪念碑

无论是否遥远偏僻，
无论是否宏伟壮丽，
无论是否遐迩闻名，
无论是否名人手笔，
只要邂逅相见，
我便久久伫立，
那些落满尘土的小碑，
更令人徘徊不忍离去……

把光明献给祖国，
把黑暗留给自己，
他们生命丝丝缕缕，
编织成五星红旗。
我和亿万人生命，
有他们的血液和呼吸……

这千百支笔，
直指蓝天书写浩然正气；
这如椽的笔啊，
支撑共和国大厦的屋脊！
拥有它们面对崭新世纪，
有什么不能回答的严峻考题？

包袱布 *

越过月月年年，
穿过炮火硝烟，
行军时它贴着战士背脊，
住宿时它挂在战士面前。

它时时提醒战士：把人民记在心间。
它飘在人民心头：像红旗一样鲜艳。
它万丈长哪，千丈宽，
覆盖冰天雪地的祖国，给人民温暖无限！

它使我想起锦州的苹果，
想起无数美好的诗篇，
光荣的传统源远流长，
人民和子弟兵血肉相连。

历史曾锈断多少将帅的宝剑，
时光曾毁坏多少帝王的金殿。
红军包袱布写着党的宗旨，
永远在史册上放射光焰！

---

* 一块红军包袱布，写着“六项注意”。

土墙*

自从有了私有财产，
多少人把金银珠宝珍藏，
而我们伟大的人民，
珍藏了一方普普通通的土墙！

是饱尝苦难的壮汉，或两鬓如霜的大娘，
当年抚摸它呀，热泪流淌？
从几行红军的留款信里，
看到了生活的光明、中国的希望！

珍藏它，怀着对红军的思念，
珍藏它，怀着对明天的向往。
土墙就像明晃晃的太阳啊，
光照着苦海里人民的心房！

二十载风雪冰霜，二十载剑影刀光，
人民珍藏它，哪怕鲜血流淌。
我懂得了：我们的军队为什么战无不胜？
人民啊，伟大的人民是它的亲娘！

* 1929年，红军在漳平官田用了群众的东西，在墙上写下留款信，署名“红军”。纪念馆陈列着这方土墙。

谒井冈山革命先烈纪念塔

在我的梦中，
您脚踩井冈山最高之峰，
头顶霞光四射的红星，
与星斗齐肩，
同日月辉映。
今天，我来了，
您和我想象的大不相同：
您身着素袍，毫不显眼，
站在群山环抱中的茨萍，
像一名默默无闻的士兵。
啊，我顿时领悟——
伟大并不一定用高大表明。
您是共和国大厦的一块基石，
九级地震也难撼动。

纪念塔啊，
请原谅我来得匆匆，
来不及采束金达莱，
或者映山红，
或者东海的浪花，
或者西藏的格桑，
敬献给您的英灵。
我奉献出我心灵的花束——诗，
它本属于您，
您是哺育一切花儿的伟大园丁！

再谒井冈山革命烈士纪念碑

一百多级石阶，
一步一个境界，
拥向革命烈士纪念碑，
人流如钱塘潮倒泻。
多少共产党员重温誓言，
党旗下整齐队列：
举起森林般的手臂，
聚集了三山五岳！

久违了——
五指峰上的视野；
久违了——
“共产主义”的盟约。
井冈山，
镌刻着中国革命首页；
未来篇，
要九千万党员续写。
莫说残阳如血，
关山似铁，
不忘初心，
我自迈步情更切，
千山万水从容越！

人生洗礼，
是对革命烈士的一次次拜谒。

饭包之歌

晨霜冷，夜雾浓，
小路崎岖山高耸。
县委书记访山村，
鞋底磨出洞。

细篾斗笠粗布衣，
纯朴的脸庞黑透红，
一只饭包随身带，
跑遍村寨和山冲。

村人见了这饭包，
情深意切心激动，
想起一支红色的歌，
热血沸腾喜泪涌：

“苏区干部好作风，
自带饭包去办公。
日穿草鞋干革命，
夜走山路访贫农。”

小饭包啊真光荣，
开创新宇播火种，
如今它又随书记，
扶贫创业建新功。

身带饭包去勘测，
书记踏遍山万重，
日走百里不觉累，
山泉拌饭香味浓。

暴雨瓢泼霹雳轰，
饭包泡水沉又重。
“欢迎老天加菜汤！”
书记笑声如洪钟。

山舞银蛇飞玉龙，
小小饭包结冰冻。
“冰冻疙瘩硬不过咱！”
书记话儿乐融融。

多少回乡亲拉书记，
热菜热汤送手中，
书记解开饭包包，
含笑只喝茶一盅。

那一回有人摆酒席，
三番五次来邀请，
书记谢绝又批评，
心与群众息息通。

书记饭包天天带，
革命传统暖人胸。
饭包之歌村村唱，
唱得山水展新容！

鹭岛英雄花（组诗）

刘惜芬

和我母亲一样年龄，
你却永远那么年轻。

如花的生命含苞初绽，
你却把它交给黎明。

默默伫立在你遗像面前，
泪水模糊我的眼睛。

我是你无数儿女中的一个，
你却听不见我的笑声。

我常常望着朝霞出神，
上面写着你芬芳的叮咛。

罗明

您的姓名，
写在厦门
集美学校夏天的风*，

* 厦门地区第一个共青团支部成立于 1925 年 6 月。

——厦门第一个共青团支部
在“三立楼”诞生；
您的姓名
也写在
厦门大学春天的风*，
——福建省第一个共产党支部
在“囊萤楼”诞生；
您的姓名，
写在闽西
农民暴动梭镖上的红缨
——上杭、龙岩、永定……
都有您播下的火种；
您的姓名
也写在
《小城春秋》破狱斗争中
——惊天动地的电闪雷鸣，
令反动派魄散魂惊！

集美学村图书馆的明灯
指引您走向革命，
广东大学高大的木棉

---

* 福建省第一个共产党支部，即厦门地区第一个共产党支部成立于1926年2月。

是您参加共产党的见证[*]。
您是厦门第一位共产党员罗扬才
入党介绍人，
您为广州农民运动讲习所
送去九位厦门的学生……
厦门破狱斗争彪炳汗青，
第一领导者就是您——
中共福建省委书记，
罗明！

党的第六次全国代表大会
在莫斯科近郊举行，
会上有您的话语和笑声，
中共党史后来篇章
为什么淡出您的身影？
直到您耄耋之年，
党中央再次确定您的党龄[**]，
一个老共产党员的风采，
重新吸引我们后来者的眼睛。
“厦门革命奠基人”，
您当之无愧啊——

---

* 罗明于1925年参加中国共产党。

** 1980年10月，中共中央批准恢复罗明的党籍，确定其党龄从1925年算起。

罗明!

我可亲可敬可爱戴的前辈,
您可看到今天厦门宛如仙境?
木棉、凤凰、三角梅,
燃烧着你们的热血和激情。
您可听见鹭江水潮潮汐汐歌吟?
歌吟你们先驱者的脚印,
歌吟献出一生的先烈英灵……

罗扬才

路过囊萤楼,
胸中风雨骤。

当年夜色如磐石,
一盏明灯光如豆。

掌灯人,罗扬才*,
风里雨里浪中走。

学运工运岁月稠,

* 厦门地区第一个党支部成立于厦门大学囊萤楼,支部书记罗扬才。

满腔热血写春秋。

二十二岁志未酬，
从容就义歌声留[*]。

歌声留，好前辈，
厦门有你添锦绣。

添锦绣，好校友，
名校有你增风流。

如今囊萤楼，
灯光无语亮如昼……

张锦娘

当鹭江上的帆樯
触动我的目光，
一位女船老大
——张锦娘，
驾船驶进我的心房。

炮火掀起翻天巨浪，
子弹似满天飞蝗，

* 罗扬才高唱《国际歌》走上刑场。

她和丈夫及三个儿子，
把生命全留在
厦门历史崭新的篇章。

很少人知道这满门忠烈，
他们的名字写在水上。
只要鹭江还有水流淌，
江水就因他们的血碧绿，
鲜花就因他们的魂芳香。

囚室里的书桌

你就是囚押瞿秋白的斗室里的书桌吗?
——亲睹《多余的话》诞生。

一位伟大的学者和作家,
在你面前解剖自己灵魂。
卢梭《忏悔录》比《多余的话》,
犹如阿尔卑斯山比珠穆朗玛峰。

站在你面前,
我仿佛又抚摸伟人的累累伤痕。
那是真正的共产党人啊,
敢于粉碎旧世界,
也勇于鞭打自己的心灵!

那篇千古奇文,
后人可以见智见仁,
罗汉岭下的《国际歌》,
“中国共产党万岁”呼声,
弹孔喷涌出的热血,
冲击我耳膜和眼睛……
那歌声那血色,
都是坚贞铁铸钢打的证明。

万岁，我们的小行星

墨蓝夜空里飞来一只流萤，
它抓住了亿万人的心，
唱着悦耳的《东方红》，
徐徐掠过我的头顶。

歌声来自二百三十万米高空，
绕着地球播唱不停。
美帝苏修能架多高云梯，
抓住这穿云破雾的歌声？

仰望满天星斗，
全眨着羡慕的眼睛，
是伟大的中国人民，
赋予它歌唱的生命！

虽然我们还吃着菜根，
但未来肯定充满光明。
中国叩动了宇宙大门，
用一颗唱歌的东方红卫星。

六分钱菜金

小小油灯，
眨着眼睛，
看着我们总务，
盘算每人每天六分钱菜金。

啊，小油灯，
你不是在眨着眼睛，
是往事的深情回忆
激动了你的心灵……

四十二年前，天未黎明，
井冈山每人每天五分钱菜金。
那时小油灯旁，
也常伏着司务长身影。

啊，小油灯，
不只是回忆牵动你的心，
看着眼前一切，
思潮在你脑海里翻腾……

从五分钱菜金到六分钱菜金，
付出了多少先烈的生命？
鲜血早已把生活刷新，
为何红军的后代还这般节省？

总设计师的小院 *

真不愿意，不愿意有这段历史——
共和国副总理被囚禁于此！
十六岁时他到法国勤工俭学，
年过花甲又回到钳工的位置，
长征风雪在脸上刻下皱纹，
大决战炮火在双眼烙下印齿，
胸中涌动党史半世纪风云，
不倒的是铁锤和镰刀的旗帜……

失去自由，停发工资，
老人养鸡种菜、劈柴挑屎……
劳动“改造”，天天上班，
乡间小路熟稔了老人身姿。
当那指挥过千军万马的双手，
搓洗受迫害致残的长子，
泰山崩于前不变色的他老泪纵横，
谁的心不同他一样被剁被撕？

真不愿意，不愿意有这段历史！
但历史不总跟随善良者的意志。
历史有时需要一个小院，

---

* 江西新建县郊区，有一个小院子。1969 年秋到 1972 年秋，邓小平在这儿度过三年的岁月。

院子里有一次次踱步的反思：
什么是社会主义？什么是实事求是？
如何书写共产党新的史诗？
如果说共和国已到了紧要关头，
历史的转折就是从这儿开始！

今天，老百姓已习惯直呼其名，
或者称呼他为“总设计师”。
香港回归、澳门回归……
多少次我们呼唤着他的名字，
总想起江西那个小院——
院子里草地是张图纸，
浅浅痕迹写下深刻构想，
孕育着中国大鹏展翅！

大刀赋 *

那时，我在展览馆里把刀端详，
只望见闪闪剑光直冲云霄；
此刻，我远离大刀百里千里，
仍夜夜听见它嘶鸣吟啸。

这把刀金光万道，
刀刃上秋收起义的火光闪耀；
这把刀削铁如泥，
刀片由奴隶千年的仇恨铸造。

我问高山青松、大海波涛，
我问长空飓风、大地花草：
革命先烈在流尽热血前夕，
为什么，为什么藏下这把大刀？

难道，仅为了不让武器落入魔爪？
难道，仅因为战士和刀情深意牢？
什么是革命先烈的遗志？
什么是老一辈革命家的怀抱？

“眼底吴钩看不休”，

---

* 铜鼓县一位革命烈士在牺牲前夕，把杀敌十年的大刀收藏于竹山岩缝里。

叶帅的诗句答得多好！
哦，我明白了，明白了，
前辈留下刀，是为了斩尽天下魔妖！

歌唱你，又一颗恒星

——献给共产主义战士赵春娥

她倒下了，身上还沾满煤尘，
可心比常林钻石透明亮晶；
她长眠了，只留下一串钥匙，
可它却能开启千万人的心灵。
多少人和她素不相识，
却觉得失去最亲的亲人！
崇高的共产主义理想，
铸成了“赵春娥”闪光的姓名；
无产阶级灿烂星空，
又多了一颗绚丽的恒星。

人们计算得出——
她十指鲜血淋漓、
抠出的煤几斤几吨；
最精密的计算机，
却无法算出她的心
蕴藏着多少热能。
医生估计得出——
她跑到生命的终点，
还有几天路程；
最先进的生理心理学，
却无法弄清她的身
由什么特殊材料构成！

她识的字不多，

话儿却像诗一样动人；
“把我的骨灰撒在煤场上，
让我看煤……”
只一句，让历史天平失去平衡：
一切帝王将相的墓碑，
无不显得太轻太轻！
这就是共产党员的胸襟，
只因为装着最广大人民，
便显得宽阔无垠；
这就是共产党员的生命，
只因为连着最伟大的事业，
便能够永世长存！

谁说共产主义理想虚无缥缈，
请看无数英雄的死死生生：
他们的呼吸——使空气变得芳馨，
他们的死亡——引起了热核反应。
镜子般明亮洁净的双眸，
辉映着共产主义美丽的黎明。
又一个平凡的伟人倒下了，
又一颗恒星升起在人民心中。
全面开创社会主义现代化建设新局面
——无比壮丽的又一次长征，
万钧雷霆，响起了、响起了
千百万赵春娥的脚步声……

人类又一页文明

我的心飞向火神山，
我的心徘徊黄鹤楼。
万家灯火，
饱含忧愁；
滔滔江水，
愤怨难收。
蛟龙驰骋大地，
雄鹰长空穿梭，
万众一心，
为武汉加油。
举国之力，
鏖战九州……

我曾七次到欧洲旅行，
黑死病纪念柱，
让我在愉悦中，
悚然心惊。
反观今日中国，
不见硝烟的战争，
党中央指挥若定，
亿万人应对从容，
纵是地裂天崩，
难撼众志成城。
更有千万白衣战士和逆行者，

书写人类又一页文明!

我是一个古稀老人,
宅在家里,
只能用孱弱的诗笔,
记录这场战役的只言片语。

中国梦

每当我望见冉冉东升的朝阳，
就想起中国人民复兴的梦想；
每当我震撼于滔滔汪洋，
就想起中华民族复兴的力量。
崛起，崛起，崛起，
乌云和雾霭遮不住太阳光芒！
复兴，复兴，复兴，
世上没有捆绑浩瀚海洋的绳缰！

都说没有两片相同的树叶，
十四亿中国人却有共同梦想。
中华民族雪洗百年耻辱，
共产党高举的旗帜迎风飘扬。
海枯，石烂，天地合，
伟大民族复兴愿望永不消亡。
复兴，复兴，复兴，
二十一世纪东方无比辉煌！

我为祖国写一首诗，
诗里闪烁着莹莹泪光。
中国人民手捧鲜花与和平鸽，
却也背着满膛的猎枪！
新的长征已经开始，
我们义无反顾一如既往。

历史进程不容逆转，
一路荆棘丛生一路凯歌回荡。

让二十二世纪回音壁，
回荡今天历史久远的回响；
让我们子孙们骄傲地说：
中国梦，二十一世纪最美的乐章！

丰碑

一百载关山万重，
一百载岁月峥嵘，
党旗上的铁锤锻打出崭新中国，
党旗上的镰刀广袤土地上耕种。
伟大旗帜，
舞动中华民族复兴的彩虹！
金紫荆盛开在香港广场，
金莲花在澳门舒展笑容，
嫦娥飞船直奔月宫，
中国航天员漫步苍穹，
北京奥运会中国人扬眉吐气，
上海世博会把全球的目光牵动……
汶川地震天崩地裂，
党的脊梁撑起了阳光灿烂的天空！

伟大旗帜，
千千万万经纬织成；
伟大丰碑，
闪耀着共产党员的先进性！
“双百”人物在神州大地上家喻户晓，
共产党员犹如夏夜中璀璨的群星：
中国共产党创始人之一李大钊，
从西方盗来火的光明；
掌管党组织经费的方志敏，

自己竟然清贫到身无分文；
汀江边英勇就义的瞿秋白，
高唱《国际歌》的一幕流传至今；
渣滓洞里笑对屠刀的江竹筠，
一腔热血把百里歌乐山杜鹃染红……
每年清明我们都到万石岩山麓祭奠，
那儿长眠着一千多名先烈英魂，
他们怀着崇高理想坚定信仰，
把青春把生命把一切献给党献给了人民。

莫要说和平时期风平浪静，
创业难，守业更难。
考验共产党员的党性：
风雪夜走来了铁人王进喜，
大庆每一台钻机都和他一样铁骨铮铮；
戈壁滩走来了彭加木，
餐风饮露无怨无悔他尸骨无存；
高原上走来了孔繁森，
他和藏族百姓脉相连心贴心；
森林里走来了杨善洲，
二十多年如一日披荆斩棘义务植林……
码头上走来了孔祥瑞、
基地里走来了钱学森、
实验室走来了蒋筑英、

工地上走来了吴金印……
改革开放一往无前，
谁是滚滚洪流的先锋？
特区建设永不止步，
谁是开拓创新的尖兵？
“共产党员”——
群英谱里多少人拥有的共同姓名！

党啊，我还要歌颂——
你正抖落旗面上灰尘，
不让载舟覆舟的民心感到沉重；
党啊，我还要歌颂——
你欲除尽旗杆上的蛀虫，
不让万丈朝霞化为狼藉的落红！
党的心中，
装的永远是人民，人民，人民；
党的儿女，
对人民永远是忠诚，忠诚，忠诚！

她是一座丰碑，
犹如直指天际的珠穆朗玛峰，
屹立在世界屋脊，
屹立在十四亿中华儿女的心灵！

诗的露珠

我的脚常跋涉高山大河，
我的心常遨游浩瀚史册，
我的眼常饱含盈盈热泪，
我的血常沸腾如岩浆炽热。
党啊，亲爱的党，
我只是您九千万儿女中的一个，
没必要阿谀拍马，
禁不住放声高歌！

在遥远边陲新疆，
我邂逅林则徐石像，
一百多年岁月滔滔而去，
洗不净他眼中的迷惘悲伤。
风光旖旎的刘公岛上，
甲午沉舰铁锚泛着冷光，
那巨锚重达两吨，
沉进了我心的海洋。
十月曙色，
终于划破了夜色茫茫；
五月狂风，
蓦然翻卷起滔天巨浪。
上海望志路的那幢美丽楼房，
嘉兴南湖里的那艘雕栏红船，
回应时代的一声声呼唤，

终于诞生了中国共产党!

莫说这个党只有五十多人,
中国的命运从此改变!
我登二七纪念塔瞻仰,
我在广州农讲所盘桓;
我聆听南昌起义的枪声,
我凝视井冈山朱德的扁担;
我捡拾红军长征的脚印,
我痛饮南泥湾清凉的甘泉;
西柏坡灯光令我沉思,
天安门广场让我流连;
《春天的故事》叫我赋诗,
香港、澳门回归我彻夜不眠;
中国航天员漫步太空,
北京奥运会上海世博会让世界睁开双眼……
莫说一百年长路漫漫,
我们党此时正如日中天!

敢于反躬自省,
不断校正航程,
铲除巨轮底的贝壳,
拂掉旗帜上的灰尘。
党啊,您心中装的,

永远是人民、人民、人民！
这就是我为什么歌唱，
为什么深爱您。
因为有了您的灵魂，
伟大中华傲立于当今
世界民族之林。
我用草上的露珠，
献给伟大母亲的
光荣诞辰。

第四章

特区崛起

我爱家乡爱祖国

我爱一首歌——
《我和我的祖国》，
我也爱我的家乡，
爱她万顷碧波，
爱她生机勃勃。
她生我养我，
是祖国儿女中的一个。

踏着传说，
我在一万年前来过——
惊起满岛鹭鸶，
白云起舞婆娑……
踏着史册，
我在一千年前来过——
三角梅倒映碧波，
凤凰木红霞朵朵……
我曾和苏颂对酌，
大轮山皓月如磨，
论水运仪象台神妙，
竟忘了星稀月落……
我曾跟吴夲采药，
踏遍了青山座座，
惊叹他妙手回春，
不愧为当世华佗……

日光岩上的城垛，
一次又一次吸引我。
郑成功指挥若定，
鹭江口千舟穿梭。
看他挥师东征，
壮我中华魂魄！
金榜山上的夕阳，
一次又一次感动我，
陈化成吴淞口归来，
一身鲜血一身烈火。
英雄浩然正气，
珍藏母亲心窝……

从嘉禾屿到新城，
从思明州到厦门，
我的心
飞翔在千年万仞。
滔滔岁月并非过眼烟云，
地灵把人杰哺育，
英雄让山川更新。
陈嘉庚、林巧稚、陈景润……
美丽土地后继有人。
生我养我教我的土地啊，
我对你一往情深。

您属于伟大时代，

您属于祖国母亲！

乳娘

每当远行归来，
夜航机上，
我总把脸贴在舷窗：
故乡捧出满怀钻石，
熠熠闪耀游子心房。

走过几十个国家，
壮游神州许多地方，
人文与自然之奇美，
总让我神采飞扬。
可刻在心灵深处的
最深的念想，
还是你啊，
故乡，故乡！

你拥抱我几代亲人长眠，
埋藏我胞衣和七十年时光。
美丽厦门啊，
我总要回到你的身旁，
你是我至亲的乳娘！

英雄厦门

当第一面红旗插上鼓浪屿英雄山，
厦门人民便开始续写英雄的诗篇。
铁锤——钢枪——银镰，
日升——月落——星转，
汗水如雨涨了东海的大潮，
鲜血挥洒红了挺拔的木棉。
“一个中国”的对话，
“8·23”炮战庄严地发言，
聚焦了全世界的目光，
定位了血脉相连的两岸。
前沿十姐妹——
新中国妇女英姿飒爽；
英雄小八路——
少先队歌声至今流传。
更有移山填海的旷古奇迹，
十里海堤把本岛和大陆紧紧相连！

我曾是一名少先队员，
荣幸地参加鹰厦铁路通车的庆典。
红领巾飘扬在革命烈士纪念碑前，
第一列火车满载着我们的歌声和笑颜。
它呼啸着开往集美，
也载着我们奔向光辉灿烂的明天。
我们曾到罐头厂勤工俭学，

小心眼里甭说有多甜。
不要说小厂机械化程度很低，
这是现代化建设的起点！
我们曾到杏林农村锻炼，
那新建的杏林东路何等宽阔平坦，
赤脚走在水泥路面，
心灵感受的是母亲的温暖！
塔头村深深弯弯的坑道里，
曾安抚少年警觉的睡眠，
无论我当年的梦飞得多远，
也无法抵达花团锦簇的今天！
厦门大学 20 世纪 50 年代再次兴建，
留下了永恒美丽的画卷。
难忘第一次走进华侨博物院，
仿佛走进金碧辉煌的宫殿。
万石植物园正式开放那一日，
厦门万人空巷前往游览，
水库如镜的水面倒映着小桥绿树，
也在我深深记忆里波光闪闪。

共和国像一轮冉冉升起的朝阳，
万缕朝晖照耀她每一个儿女的心田。
流传千年的南音飘荡在厦门巷口，
歌仔戏高甲戏也在街头火热上演。

党和国家的领袖曾赞扬我们自编的歌舞，
美丽的白鹭早已是起舞翩翩……
多少艺术家慰问前线踏上这块土地，
心底发出由衷的赞叹：
这儿是海防前线，
这儿更是海上花园；
这儿有英雄儿女，
这儿更有蓝天白云大海碧蓝……
著名诗人郭小川深情唱道：

分明还是那个厦门城——怎么又有这样的新市面！
怪不得我们的前沿啊，都亲热地把你叫作“后边”。
分明还是那个厦门岛——怎么又有这样的好容颜！
怪不得我们的海军啊，都把你看作“不沉的战船”。
啊，祖国的花城，多么豪迈，多么烂漫！
……
啊，南方的宝岛，多么壮丽，多么丰满！

长江滔滔鹭江不息，
红旗不老岁月沧桑。
当十一届三中全会的春雷滚过，
湖里炮声轰隆隆响起特区动工的序言。
我们深深热爱的共和国母亲啊，
请检阅你儿女谱写的气壮山河的崭新诗篇！

两岸姻缘

这是片云谲波诡的海峡，
风云变幻呀变幻风云，
波涛汹涌时地裂山崩，
风平浪静时一碧无垠。
郑成功雄师过此东征……
千船竞发施琅大军……
海底里埋葬着侵略者的枪炮……
波涛上还可见国殇的伤痕……
婆娑之洋呀海之婆娑，
把亿万颗心紧紧牵引！

当台湾打开
到大陆探亲之门，
海峡两岸
上演了多少动人的亲情；
当文化经贸交流
枝繁叶茂花开缤纷，
中华民族的参天大树，
镌刻上新的年轮。
海上明月，
清晖如银，
波涛万顷，
一一抚平。
月光同拥两岸，

牵动多少不眠的心……

我知道一些真实故事，
一个又一个跨海婚姻：
集美一对两岸夫妻，
已厮守十五年光阴，
他们双双跑步夫唱妇随，
开始每一个温馨早晨；
也有那浪漫触电一见钟情，
没有许诺却胜海誓山盟，
最大愿望就是一起慢慢变老，
细细品味陈年老酒香醇……
鼓浪屿天风海涛
把多少缠绵恋歌唱吟，
日月潭水深千寻
把多少婚庆新人见证……
我也知道一个真实数字——
二十万对，四十万人，
结为两岸比翼双飞鸟，
见证藤缠树来树缠藤！

都是华夏百姓，
皆为炎黄子孙，
习俗相近，

文化同根。
心怀山水似锦，
面前朝阳一轮，
脉搏有共振的频率，
目光有燃烧的引信。
不贪荣华富贵，
只求心心相印，
续写血缘新篇，
为我中华振兴。
莫说天涯长路时有荆棘，
知音一曲响彻漫漫行程！

启航

鹭江号，
静静泊在纪念馆的港湾，
引导我的诗
扬起风帆。

那一天阳光灿烂，
总设计师微依船栏，
船头犁出浪花儿绚丽，
新的蓝图胸中铺展。
“把经济特区办得更快些更好些”，
墨饱挥笔雄风直上云天：
湖里金凤凰扶摇奋翼，
风雨兼程四十年！

这里的桥梁虹挽两岸，
这里的港口五洲相连，
这里的机场雄鹰聚集，
这里的隧道海底贯穿。
这里会聚八方群英，
汗水心血书写伟篇！
你问问东渡百年老榕：
湖里经历怎样的沧海桑田？

2.5 平方千米之圈，

扩展为一千六百平方千米方圆。
多少回我漫步湖里，
细品特区发祥地百变千面：
邮轮中心夕阳熔金，
一湾碧水白帆点点，
五通古渡头诗风扑面，
湿地公园天鹅悠闲……

静静停泊，历史的沉淀。
永不止步，中国梦的实现。
四十年长路漫漫，
四十年转眼瞬间。
我听见汽笛引吭呼唤，
心海澎湃血脉偾张：
万里征途中蓦然回首，
不忘那一个小小摇篮……

渐行渐远的起锚处，
令人怀念。
新起点上又一次启航，
还将是万里航线！

湖里的炮声

是什么
那么高昂——
震撼荒凉的山冈?
是什么
那么悠长——
在历史心中久久回荡?

不是春雷,
却比春雷高亢;
不是礼炮,
却比礼炮喜气洋洋。
这是湖里加工区开张
炸山的隆隆炮响,
这是厦门特区奠基,
气壮山河的第一乐章!

曾有过“8·23”炮声,
引起全中国瞩望。
今天炮声依旧,
历史已是沧桑!

多少岁月多少时光——
胸中滚沸满腔岩浆。
湖里的炮声啊,

喷射出亿万吨力量，
开始了春天故事的辉煌……

神奇的湖里

是美妙晨钟，
是磅礴序曲，
或是缤纷的礼花？
湖里的隆隆炮声啊，
那么神奇，
是一把充满生命力的种子，
撒在千年沉寂的小渔村。

总设计师亲临这儿，
用脚步细细耕耘，
挥笔精心施肥。
东渡新港龙门吊——
巨臂抓住天上云朵，
拧下一季又一季春雨。
神奇种子啊，
长出了森林般的楼群，
纵横的新路是绿叶的叶脉；
长出了一流机场，
放飞钢铁候鸟和雄鹰；
长出了现代化深港，
拥抱五洲四海的巨轮；
长出了台湾水果销售集散中心，
让宝岛果香飘遍大江南北；
长出了众多名牌企业：

厦华、戴尔、太古、ABB、飞利浦、立达信……
长出了一座座跨海大桥，
还有我国第一条海底隧道，
把本岛和大陆焊连紧紧！

神奇的种子啊，
生长在神奇的湖里。
绽开火炬高新科技的鲜花，
像初夏凤凰花灿烂绚丽；
结出和谐社区累累硕果，
像南国瓜果芬芳甜蜜……

这里的几座唐代墓葬珍藏千载秘密，
青苔斑驳的宋代码头讲述遥远传说。
郑成功驻军遗址雄风犹存，
海堤见证移山填海旷古奇迹……
湖边水库闪烁千顷蓝宝石波光，
湿地公园游弋着高雅的黑天鹅群，
五十多万外来人口成创业生力军，
参与书写特区辉煌的早晨……

春风在海峡西岸吹拂，
编织着湖里春天的故事。
我用我全部的灵魂，
拥抱和亲吻这片美丽的土地。

海沧大桥

当元旦钟声敲响，
漫天礼花交织乐曲。
厦门特区，
把一条光闪闪的宝石项链，
献给新的世纪。

啊，海沧大桥，
特区人辉煌的一笔。
二十八亿七，
六千米，
三跨吊全漂浮悬索桥：
世界第二，
亚洲第一。

我赞美过多少大桥，
赞美此岸和彼岸握手，
心和心连在一起；
赞美梦想和现实亲吻，
汗水把幸福孕育。
啊，海沧大桥，
你以独特的身躯，
显示特区人再创业的伟力。

我急急扑进你的怀里，

又惊又喜。
拜读开拓者的业绩，
又常常眺望你的雄姿。
久久想象，
海峡西岸未来的神奇……

世上有多少桥，
改变了刚开垦的处女地。
海沧大桥啊，
我理解你含笑不语。
俯瞰鹭江水，
滚滚东流去。

马塘，总书记记住的村庄

我去过许多地方，
忘不了一个小小村庄，
连总书记也记住了它的名字：
马塘，马塘！

曾是最落后的旮旯，
贫穷挡不住梦想，
梦想加上奋斗，
山坳里飞出金凤凰。

这里山清水秀，
民居别墅式楼房。
幼儿园笑声清亮，
养老院温馨安详。

马塘精神，
孕育出银鹭飞翔，
这是脱贫的点睛之笔，
磅礴交响曲华丽的乐章！

我爱你啊，厦门

我常常自豪地告诉别人，
我出生在美丽的厦门——
那是颗小小的绿宝石，
闪光于东海的蓝绸巾。

多少童年回忆，
埋没进岁月的灰尘；
多少家乡沧桑，
深刻进我成长的年轮。
鹰厦铁路第一列火车，
满载我们的歌声飞奔；
移山填海十里长堤，
把我们搂抱进集美学村；
英雄小八路报告，
把电流通到我的身；
人民英雄纪念碑，
把理想点燃我的心……

当祖国迎来改革开放的新春，
厦门人忘不了那幸福的一瞬：
邓小平——
中国人民的儿子，
漫步鼓浪屿街头，
和普通老百姓

握手问好谈笑风生……
他一定看到了几十年后的今天，
春风荡漾饱经沧桑的皱纹；
他一定望见百年后的中国，
沉健的步伐从容而自信！
“把经济特区办得更快些更好些”，
天地间回荡着这洪亮的声音；
“实行自由港的某些政策”，
这期望深情比东海深沉！
在殷殷关切的目光中，
特区人如沐春风。
在时代磅礴的旋律里，
鹭江滨旭日飞升。
历史见证，
中国第一个全市使用万门程控电话，
是厦门；
历史见证，
中国海峡第一桥奇迹般建成，
也是厦门；
历史见证，
“一环数片，众星拱月”美妙壮观，
人均国民生产总值两位数递增，
春笋般长出千姿百态的摩天楼群，
一条条大路向蓝天与大海延伸……

更有那同集路浩浩荡荡，
金尚路披锦铺绫，
厦禾路焕发青春，
环岛路如诗如梦……
海沧大桥跨越世纪风云，
会展中心将迎五洲嘉宾……
国家卫生城、园林城、旅游城、
全国“双拥”模范城、
精神文明建设先进城，
这是厦门献给祖国的花束，
芬芳馥郁、五彩缤纷！

莫说白发覆盖我双鬓，
我的家乡厦门正当年轻。
在这举国欢腾的日日夜夜里，
我双眼常常泪水盈盈。
一次又一次我默默地说：
我爱你啊，祖国母亲！
我爱你啊，家乡厦门！

逐梦 *

每个人从小便有梦想，
梦想着赶快长大，
梦想着壮游天下，
梦想着爱情开花，
梦想着小家大家……
最美的梦想起于 1978，
我们跨进厦大校门，
披着东海升起的朝霞，
追逐共同的梦想：
振兴中华！
振兴中华！

四十年眨眼过去，
我们为祖国添砖加瓦。
许多人现已退休，
满脸沧桑满头银发，
但身上热血鹭江奔腾，
胸中豪情洒满天涯，
逐梦的初心没有放弃：
复兴中华！
复兴中华！

* 2018 年春节，厦门大学中文系 1977 级、1978 级同学聚集在母校芙蓉湖畔……

在母校怀里刻下两个字，
两个字凝聚着我们多少情话，
让芙蓉湖的碧波日夜和它谈心，
请三角梅花儿给它缤纷披挂……
当历史完全淡忘了我们，
让未来的学弟学妹们还在说它：
1978……
2018……

满怀深情看厦门

飞机一吼上云头，
紧贴舷窗我看个够：
美丽厦门绿宝石，
镶在东海南丝绸。
波光粼粼思绪远，
碧波紧把台湾搂。

飞机奋翼重霄九，
紧贴舷窗我看不够：
历史烟云滚滚去，
特区美景添锦绣！
共同缔造创奇迹，
想她未来热泪流……

飞机翱翔思难收，
紧贴舷窗我看不够：
熠熠生辉钻石扣，
气象万千大窗口，
似闻声声唤宝岛，
何时海峡搭彩楼？

满怀深情看厦门，
千眼万眼看不够！

永不止步

——献给厦门国际马拉松比赛

从希腊首都雅典，
从马拉松平原，
从岁月深处，
从公元前 490 年，
起步，起步，
起步于一个辉煌的瞬间！
为了报告和平降临，
为了报告凯旋，
希腊战士菲迪皮茨，
倒在了四十公里长跑的终点。

历史没有忘记，
人民永久怀念，
奥林匹克运动会，
把终点变成了起跑线。
永不止步，
顶风雨雷电；
永不止步，
挟岁月云烟；
永不止步，
挥汗如雨使海洋更咸；
永不止步，
人类一次次自我挑战极限！

当一个普通市民的建议，
被厦门市领导采纳实践。
台湾海峡西岸，
跑来了世界马拉松大赛的运动员。
日光岩踮起脚尖观看，
白鹭如云舞蹈翩翩，
东海卷起千万朵浪花，
情不自禁加油呼喊，
欢呼世界上最美的跑道，
书写着无比壮丽的诗篇！
那是一个人民的节日，
就连老人、小孩，
心儿也敲起欢快的鼓点；
那是一个盛大的节日，
就连天涯、海角，
目光也在这儿聚焦流连！

啊，厦门，厦门，
中国东海之滨耀眼的宝钻，
有一千七百多年历史沉淀，
又有特区建设的辉煌开篇，
环岛路上定格了马拉松健儿的英姿，
九十九座雕塑展开了多壮美的画卷。
国际奥林匹克委员会主席为之题词：

“永不止步！”“永不止步！”
这是奥林匹克精神的誓言，
这是人类不断进取的共勉！
当雅克·罗格主席选定的两座雕塑，
越过了万水千山，
收藏于洛桑国际奥林匹克博物馆，
厦门和瑞士飞起一条绚丽的彩练——
它象征爱好和平人民的友谊，
它表达爱好和平人民的心愿：
永不止步，永不止步！
写在厦门，写在福建，
写在大地，写在海洋，
写在浩瀚宇宙、万里长天！

又一页开篇（散文诗二章）

我亲吻这里的每一寸土地

我漫步在厦门湖里，用脚，用心，深情地亲吻这里的每一寸土地。

这儿原是个小渔村，记忆中，只剩下路旁那株盘根错节的老榕和郑成功当年屯兵的高崎寨遗址。它们阅尽东海滨一隅数百年沧桑，寨墙默默无语，可老榕垂地的须髯承载着绵长的历史，墨绿的叶脉流淌着春天的故事。每一阵海风吹过，老榕都喃喃诉说。

耳旁，隐约传来二十年前——1981 年 10 月 15 日竹坑湖轰隆隆的炮声。那是中国对世界的新闻发布：厦门经济特区从此诞生！

那炮响是如此强烈震撼我的灵魂，把层层岁月包裹的记忆唤醒了。海峡两岸战争的炮声曾贯穿我整个少年时代。而湖里的炮声，是和平建设的炮声，是改革开放的宣言，是厦门经济特区创业的开篇。湖里炮声的回响，辉煌而悠远。

这炮声，2.5 平方千米的土地听到了，一个崭新的工业区从此崛起；这炮声，东渡港听到了，集装箱装卸桥、龙门吊举起巨人手臂，向五洲四海致意；这炮声，海峡彼岸听到了，多少惊涛骇浪抚平为万顷波光；这炮声，中国人民爱戴的总设计师邓小平也听到了，他挥毫写下："把经济特区办得更快些更好些。"

莫说湖里炮声早刻进历史年轮，今天我在这儿流连徜徉，分明听见了新时代强有力的脉搏。雄姿英发的大桥，从湖里飞跨海沧投资区，它跨越的不仅仅是空间，还有时间，未来岁月将雄辩地证明。

我在厦门特区发祥地漫步，用整个身心，亲吻她的每一寸土地。

蓝天碧海间的又一页开篇

如果说湖里的炮声是金凤凰诞生的序言，那么，厦门国际会展中心该是蓝天碧海间的又一页开篇。这是再创业的新诗章，是厦门经济特区更为辉煌的续篇。

二十年了，过去了整整二十年！此刻，我站在东海之滨的蓝天下，沐浴在台湾海峡的秋风里，面对巍然凌空的会展中心，面对依偎着会展中心的湛蓝色大海，胸中潮涨汐落，眼里泪光盈盈。不见了反坦克石遍布滩涂，不见了铁蒺藜交织成网，不见了龙舌兰丛下碉堡口炮管高昂，只见彩旗飘扬，只见风筝飞翔，只见如诗如画的环岛路上汽车穿梭，只见海滨和草坪上人们悠闲地散步……恍惚间，眼前浮现投资贸洽会开幕时的空前盛况，接二连三的果蔬博览会、广告艺术节等面向世界的会展活动，描绘出五彩斑斓的海洋。

2001 年，我跟随厦门小白鹭民间舞团访问金门。在古宁头慈堤，我们望见浓浓夜色下的厦门环岛路上璀璨的灯光宛若金龙火蛇，不由得欢呼跳跃。在小金门湖井头，我们望见了咫尺之遥的厦门国际会展中心美轮美奂的姿影，不是海市蜃楼，胜似海市蜃楼！我听见身旁观光的台胞在议论："那一边，这几年建设得真好！"此景此情，总设计师邓小平关于"经济特区是窗口"的教导，燃烧在我的心头。

啊……在广袤无垠的蓝天碧海间，仰望厦门国际会展中心，我身轻如羽。会展中心那巨大的白色弧形拱顶两翼翘起，真像鲲鹏展翅，即将扶摇万里！

我脉脉深情地祝福：厦门，又一页辉煌的开篇……

四十年前春风起（歌词）

四十年前春风起，
春风吹遍海峡西。
四十春秋风和雨，
四十春秋潮和汐。
回首来路情满怀，
甘洒血汗建特区！

四十年前春风起，
春风吹遍海峡西。
四十春秋创业难，
四十春秋兴业喜。
雄关如铁路漫漫，
长歌一曲走万里！

四十年前响春雷，
春雷犹如战鼓催。
心血浇开三角梅，
汗珠泡咸东海水。
气贯如虹搞建设，
海西翘盼彩云归！

跨越，跨越，再创辉煌

——献给厦门经济特区创建四十周年

四十年，
在岁月长河中只是一瞬；
四十年，
在共和国年轮里耀眼鲜明。
厦门经济特区，
风雨兼程，
高歌猛进，
迎来了四十周岁的诞辰！

侧耳聆听，
湖里开工的炮声依稀可闻。
蓦然转身，
一路荆棘一路鲜花一路春风……
鹭江号客轮，
曾乘载总设计师邓小平，
犁开万顷碧波，
指点美丽厦门。
万石植物园里的大叶樟，
还缠着小平的话语笑声。
当年的小树苗长成参天大树，
大树下的草地四季如春。
创业的汗水，
托起万吨巨轮。
龙门吊和装卸桥排成长阵，

装卸了多少朝霞多少星星多少彩云！
厦门大桥、海沧大桥、集美大桥、
杏林大桥是腾空长龙，
翔安隧道潜海而行，
是经济特区空间的跨越，
是风驰电掣的特区飞腾……

国际会展中心，
展翅欲飞的大鹏，
欢迎海峡彼岸的同胞，
拥抱五洲四海的客人。
当彩旗和气球装点半个碧空，
多少人脸上闪耀灿烂的笑容。
当厦门与金门两门呼应，
腾空的火树银花惊艳天庭……
如果你乘车在环岛路上奔驰，
你会觉得走进了童话梦境，
青山翠绿草地如茵，
礁石青黛沙滩似金，
大担二担近在咫尺，
蓝天碧海无边无垠。
更有那世界马拉松赛雕塑群，
是厦门“永不止步”的象征！
海港、空港、信息港，

特区敞开博大的胸襟；
科技、教育、艺术城，
名城续写崭新的人文……

创业——筚路蓝缕开拓奋进，
跨越——再展宏图百倍艰辛。
厦门港，
丝路海运，
稳居全国第七名、
世界第十四名。
以高端制造业、现代服务业为核心，
现代产业体系初步建成，
外贸进出口总额年均两位数递增，
鲜花半城绿半城，
民生保障水平持续提升……
今日台湾海峡西岸，
气贯长虹崛起万马千军！
当总书记向金砖首脑谈起厦门，
滔滔东海涌动起波浪万层，
历史将记住这一时刻，
岁月抹不掉特区脚印。
新一轮跨越式发展，
气吞万里又春风温馨！
跨越，空间的跨越——

从岛内的湖里、思明，
向岛外辐射：
同安——
“银包金”，
“金包银”；
翔安——
新机场将插上双翼，
鲲鹏直上霄云；
集美——
新城万象更新；
海沧——
“海丝”“陆丝”连接无缝……

听啊，海陆空交响乐，
那是厦门经济特区的脚步声；
看啊，前沿乡村换新颜——
建设热潮席卷厦门每寸每分。
不以环境为牺牲，
沧桑巨变前无古人！
跨越，
构建和谐，以人为本。
跨越，
不负人民重托时代重任。
跨越，

跨越，
厦门特区高歌猛进日新月异！

四十周岁，
成长的特区如日东升，
正当年轻。
四十春秋，
披星戴月一路高歌，
多少汗水和心血，
浇灌出鲜花五彩缤纷。
首批全国精神文明城、
国际花园城、
国家卫生城、
国家园林城、
国家旅游城、
“双拥”模范城……
最适宜于人居的城，
四季如春；
中国十大低碳城，
空气清新；
国家森林城，
半是翡翠半绿云；
首批创建全国法治城，
百姓的笑容那么温馨……

无数光环映照华诞的烛光，
闪烁着迷人的光晕。
酡红的生日美酒，
没把我们的头脑冲昏。
成绩属于祖国和人民，
辉煌等着我们又一次刷新。
眼望未来，
心游万仞，
让我们在海峡西岸涌动的春潮中，
进行新的跨越、
新的攀登！

第五章

骊歌唱晚

我是一个中国老人

我是一滴水，
在奔腾的江河里浮沉，
我是一个中国老人。

从浪花簇拥的东海之滨，
翻越五座雪山到稻城亚丁，
到离天最近的圣城拉萨，
到沙枣累累的满洲里边城，
在千年不死的胡杨林里吟诗，
在呼伦贝尔草原放风筝，
深情亲吻祖国大地，
我是一个中国老人。

从四季如春故乡厦门，
到国际友城马来西亚槟城，
到自由女神曼哈顿，
到泰晤士河畔伦敦，
在博卡拉看旭日东升，
在好望角桌山抚摸桌巾，
丈量亚非欧美地球村，
我是一个中国老人。

在手机上订动车票，
在波罗的海乘坐游轮，

在落地窗前看白云舒卷，
到温泉馆里享受温存，
到大海里拨波击浪，
到朋友圈里举杯歌吟，
猫狗常陪身旁卖萌，
我是一个中国老人。

曾经有过怨恨，
也常愤世不平，
因爱老泪纵横，
生命底色红深。
我有爱我的妻儿，
我有汗牛充栋的书信，
生活平和而幸福，
我是一个中国老人。

我是一个普通共产党员，
大江大河里小小的一滴水，
亲爱的读者啊，
你可依稀看到它的朝晖？

思念古田

古田，
我青春的铁砧！
青春
早沉入岁月地壳。
煤层
就是那可燃的思念。
会址后的古木
蔚然成林郁郁苍苍。
会址前的沃土
年年秋天金黄灿灿……
多少回瞻仰流连，
把一座丰碑
矗立在心尖！

七年四个月，
两千多个夜晚与白天，
阳光和星月交织，
冰霜与风雨连绵，
爱情泪水里淬火，
汗珠夜空中星光闪闪，
所有日子揉成一颗种子，
种进结茧的心田。
哦，红军路，
今日可还是那样曲曲弯弯？

哦，红军桥，
今日可还是那样绿水潺潺？
你们不认得正在老去的我，
可记得那筚路蓝缕的青年？
啊，古田，古田，
你是我永恒的思念……

窗外白云

书桌前，
落地窗外，
白云在蓝天上，
徐徐飘过，
一朵又一朵，
悠哉而从容。
多少往事，
多少亲友，
多少痛不欲生，
多少欣喜若狂，
多少萍水相逢，
都是白云。

祖母爸妈，
你们在天上，
能看见我吗？
我头发已经全白，
在电脑前发呆。
我也是一朵白云，
在东篱居逗留。
何时归去？
暂无消息。

窗外白云，

请亲吻远方的高山梯田，
给采茶姑娘，
擦一把汗水；
请拥抱摩天楼工地吊塔，
给挥汗如雨的工人，
一片云影；
请飘到遥远的南海，
化成雪浪花儿，
给守卫海疆的战士唱歌；
请吻一吻孩子的风筝，
他们的笑声，
比百灵动听；
给抗疫的百姓，
一页诗笺，
抚慰疼痛的心灵；
也到我梦中去吧，
给皱纹纵横的田地，
一阵甘霖。

听林陈家庭音乐会

亲情陶醉，
友情珍贵，
天涯比邻，
相聚欢会。
当音符飞扬起来，
一曲曲动人心扉。
没有什么语言，
比音乐的诉说更美！

路还很长，
那些晚辈，
世事纷繁，
如烟如云如霞如灰。
但他们不会淡忘，
音乐与人生伴随。
己亥中秋夜，
快乐洗礼月光如水……

日常

我常一连几天,
足不出户,
但情感世界里,
并非安安静静。
有时风和日丽,
一只蝴蝶,
久久停在一本书上;
有时狂风骤雨,
电视机前,
我泪流满面;
有时云卷云舒,
纷繁微信,
任海阔天空信马由缰;
当键盘细语沙沙,
金秋夕照的田野阡陌里,
我孩童般奔跑嬉闹……

我也远行,
趁脚步尚未蹒跚。
我非宅男,
崇尚简单。

畅游大好河山（组诗）

和春天一起出发

告别温馨的家，
和春天一起出发，
蛟龙铁马为座驾，
相机纸笔是披挂。

也曾去过海角天涯，
万水千山跨在脚下，
多少日落月升美景人文，
收进鼓鼓的行囊和心匣。

再去会二郎山下的泸定桥，
互诉三十多年前未尽之话；
再去听深情滚烫的康定情歌，
湍急的雪山水在身边喧哗。

去探访酉阳桃花源，
逛一逛陶渊明的中国童话；
去拜访稻城亚丁，
又一次挑战高海拔……

复制日子未免单调，
我的约会是天边彩霞。
远方有诗还有梦，

和春天又一次出发。

草原

日复一日向往，
年复一年向往，
那寥廓与苍茫。
硕大的白色蘑菇，
绽放在无垠草原上。
呼伦贝尔，
我终于偎近你的心房。
我的诗，
信马由缰。
我的心，
放牧蓝天上牛羊。

观德天瀑布

我非智者，
却也乐水：
爱它率性，
爱它无畏，

爱它可圆可方，
可瘦可肥，
脚下有路无路，
可为可不为，
亦可大作为！
可曲水流觞，
可慷慨骨碎。
德天瀑布啊，
这就是人生的精髓？

大柴旦翡翠湖

水本无色，
因为含硫酸镁，
华丽为翡翠。

都说九寨归来不看水，
我两次游览九寨沟，
仍为你沉醉。

有海的浩瀚，
有海的包容，
把长天也揽进怀内。

我知道，
我生命深处，
也有一泓这样的盐水。

又和春天去旅行

木棉花高举酒盅，
三角梅红了半城，
放下未完的文稿，
又和春天去旅行。

曾经，
陪我攻读到三更，
一盏小油灯；
曾经，
陪我翻山又越岭，
锄头蓑衣晨昏；
曾经，
陪我跋涉文山会海，
报国报民初心；
如今，
一切模糊了远影，
我成年岁乞丐，
时间富翁。

又和春天去旅行，
去找寻
文字以外的风景，
去捡拾
曾经遗落的脚印。
天涯何处无芳草，
远方有诗还有梦。

天涯芳草（组诗）

柏林马恩雕像前

围在你们身边，
一群中国游客，
以和你们合影为荣，
以和你们合影为乐。
我不懂经济学，
却崇拜伟大人格，
熟知你们的思想，
指引我深爱的祖国。
你们传奇的一生，
我生茧的心早深深镌刻，
万里和百年久远，
不能阻隔：
九死不悔我热爱着你们啊，
万山仰止的先哲！

缅怀裴多菲

到布达佩斯，
自然而然缅怀裴多菲。
他一生只有二十六年，
他的姓名，
匈牙利无人不知，

比英雄广场天使手中的王冠，
更加熠熠生辉。
他牺牲后数十年里，
人民始终不相信他已离世。
他的四句诗，
至今不朽，
滋养了世界上，
一代又一代为自由奋斗的人。

蓝色多瑙河啊，
请带走我深深的思念。
我来自梦想复兴的国度，
也和缪斯结缘，
热爱生命，
痴迷爱情，
更深信祖国和人民的自由，
高于教堂高于云天。

非洲漫笔

十年前我到非洲北部，
埃及灿烂的古文明让我匍匐。
今天我到非洲南部，
南非不愧为彩虹国度：

它以高山为桌，
洁白云朵是桌布；
它挽两大洋牵手，
看惯了涛飞云舒。
钻石璀璨，
黄金夺目，
海豹卖萌，
企鹅忘蜀，
还有那无垠的旷野，
自由出没的野生动物……
感受非洲的狂野，
我在民俗村观舞。
邂逅伟人曼德拉，
我在总统府花园散步……
真的很想俯下身去，
轻轻拥抱一下这古老大陆！

夏威夷的海和岸

我生长于海滨，
在海滨度过一花甲光阴，
还是为夏威夷的海和岸惊叹，
美啊，摄魂夺魄的女人！

广袤大海碧波曜金，
金沙滩尽显柔美腰身。
黝黑崖岸簇拥雪白鲜花，
峻峭冷艳谁敢挨近？

美女可远观不可亵玩，
把倩影珍藏进我的内心。
裙裾下捡拾一块小石，
恍惚闻得见美丽的芳馨。

志愿军烈士纪念碑前*

我人生学会的第一句歌：
“雄赳赳，气昂昂，
跨过鸭绿江……”
今天我终于越过江水，
来到你们身旁，
心中话儿澎湃，
却什么也没有讲。
阳光照在脸上，
眼里闪着泪光。

* 在平壤，有一座为纪念中国人民志愿军烈士兴建的中朝友谊塔。

我献上一束鲜花，
也献上沉甸甸的心香，
那是岁月伤痕流出的沉香呀，
愿它飘进你们心房。
谁说中国人没有信仰？
为信仰你们流尽血浆！
我只想默默告慰亲人一句：
祖国正走向真正的富强。

缅甸早晨

每一个早晨，
僧侣总要出门。
寻常街道，
都有等他们的人。
布施是其习惯，
化缘形成本能。

我无宗教之心，
也该懂得感恩。
无数人为我布施，
只是看不到他们。
让我怀揣无形饭钵，
一步步走完余生。

梦回

退休十多春秋，
频仍梦见工作，
我非恋槽之马，
是什么，
难于割舍？
黎明梦回，
欲说还休……
泼出去的水，
还会化为云朵。
满地花落，
还有再开的时候，
人生岁月，
为何只在梦中回头？
窗外夜色，
漆黑如墨。

谷神的话

面对九千年前的稻谷，
我心生敬畏。
它已碳化，
乌黑乌黑，
一级文物不可摸，
一捏就碎。
它可是谷神的化身啊，
哺养了人类，
一辈一辈又一辈……

多少回，
我梦回闽西深山内，
汗如雨下银镰飞。
捡起野猪糟蹋的稻穗，
脸颊滚下青春的泪。
插秧腰欲折，
抓粪细施肥，
耙草不惧日烤背，
田埂午时想小睡，
暴雨瓢泼不作美……
肚子常饥饿，
深知米粮贵！
有回充饥野杨梅，
至今忆起流口水。

碳化的稻谷面对我，
话儿如惊雷：
世上还有饥饿人，
浪费粮食是犯罪！

天堂

深居简出，
本是我的梦想。
有书有茶有网，
便是人生好时光。
可当下，
心却彷徨。
几万人罹病在床，
千万人抗疫危难，
千家万户有鬼哭，
春花烂漫无人赏。
魂牵挂，
魄难安，
明知一切将过往，
频问拐点在何方。

只有国安民康，
才有我的天堂。

悟

青春，
渐远渐行，
早不见踪影。
回望闽西，
我看见它的足印：
或浅，
或深，
或迷茫，
或坚定。
我看见满山杜鹃花怒放，
和汗珠交相辉映。
看见风雨中的蓑衣，
像展翅的雄鹰。
看见了我的小油灯，
点燃田野里点点虫萤。
心湖不由得泛起涟漪，
心宇飘动朵朵白云。

那时国家穷，
我们每人每天六分钱菜金。
那时山村穷，
我的衣服补丁压补丁。
今天我已经彻悟，
个人和国家命运，

血肉连紧。
这是知青一代人，
共同的青春。

遛狗

小区清早，
人迹寥寥，
我在后面走，
狗在前头跑。

时不时回头看我，
或用眼角瞟，
双耳上下晃，
尾巴左右摇。

不理会花香，
不理会鸟叫，
不知道它想什么，
只知道快乐不少！

庚子年春节感事

一

魑魅兴风虐，
白衣逆浪行。
钢城民志铸，
静待鬼氛清。

二

禁足读书函，
留存淡淡斑。
纸张蝉翼脆，
字迹辨非难！

三

花开叶浅深，
陌上少行人。
只为驱瘟疫，
无心去赏春。

四

宅家平静好，
草木小区亲。
忽念公园里，
新春有几分？

五

拂晓常惊醒，
鬓旁有炮声。
死生牵一线，
誓夺战争赢！

六

梦见街衢上，
人流若卷潮。
问声行路者：
魍魅已飞逃？

七

疫情刻刻拽人心，
五内时时有泪痕。
漫漫征途如永夜，
斩妖除怪党军民。

八

路上车稀人寂寥，
窗明几净享温馨。
前方激战瘟神久，
后线心蒙厚厚尘。

九

千城皆静悄，
庚子不元宵。
皓月乌云罩，
瘟神仍舞刀。

十

弱弱问医生：
身心可适宁？
双肩挑救世，
魂系众苍生。

给外孙王浩辰

插现代医学科技双翅，
你来到人世。
你的爸爸妈妈，
给你一把金汤匙。

你姗姗来迟，
你外婆朝想暮思。
虽然你还不懂事，
外公给你一首诗。

你的诞辰，
是祖国国殇之日。
西方一些国家，
对中国咬牙切齿。

中华复兴，
不可逆势。
你来到一个伟大时代，
愿不负地利天时。

愿你不负父母，
不负这金秋千红万紫，
也不辜负自己——
中国人民的儿子！

外孙的笑

他的笑，
是给至亲最好礼物。
每一次，
都涟漪了我们心湖。

没听见他降生啼哭，
却看到他笑对初始旅途。

那么清澈，
没有杂污。
毫不矫情，
更无企图。
美好的人世间，
原来不缺净土。

遗嘱

我将捐出可用的器官，
在生命弥留之际。
这是一生最大遗憾，
没给人世间留下什么东西，
请把这最后的皮囊拿去。

请把我的骨灰撒进海里，
让我回归摇篮里安息。
生命本源于那一片深蓝，
日出月落潮潮汐汐，
陶醉于母亲古朴的谣曲。

请把我的骨灰撒进海里，
只有大海能够容纳，
灵魂里咸涩的泪滴，
泪水里有中华民族大悲大喜，
也有我个人渺小的叹息。

请把我的骨灰撒进海里，
我不要墓碑不要悼词恭维，
只想拥抱各种颜色的土地。
无论亲友们走到哪儿，
有海便有亲切的回忆。

第六章

同声歌唱

坚实的步伐

——读习近平总书记《之江新语》有感

昔有之江语，
今筑中国梦。
富民强华夏，
步伐尤坚定。

为官修政德，
造福于百姓。
政声人去后，
民意闲谈中。

党员本公仆，
贪腐岂容行。
“虎蝇”锁缚日，
天朗又气清。

和谐文明歌，
绿水青山景。
乡愁共与时，
神州舞长龙！

赞八闽先锋

新的时代,
涌现出新的堡垒,
涌现出新的先锋。
如武夷巍峨,
如闽江奔腾。
改革开放的前沿,
奋斗在
实现中国梦的征程。

新的征程,
撰写出新的故事,
撰写出新的感动。
似旗帜飘扬,
似钢铁坚硬。
不忘初心的召唤,
鼓舞着,
描绘双百年的风景。

春天来啦

——美丽的厦门颜值高

春天来啦!
春,
带着花朵、
带着清风、
带着细雨、
带着憧憬。

花朵,
是春的姐妹。
清风,
是春的兄弟。
细雨,
是春的亲朋。

花朵喜欢厦门,
喜欢它
海上花园的美称。
清风喜欢厦门,
喜欢它
热情洋溢的笑靥。
细雨喜欢厦门,
喜欢它
海纳百川的宽容。

春天是活跃的！
花朵
让蜜蜂牵着，
离开百花厅，
到文曾路上，
摘几朵桃花，
往脸颊上抹些嫣红。
清风
让白鹭陪着，
从筼筜湖上吹过，
给平静的水面贴上
闪闪发光的波绒。
细雨
让花伞带着，
跳跃着滑落下来，
给绿水青山，
润泽些水灵。

春天来啦！
花朵，
打扮美丽。
清风，
展示气正。
细雨，

描绘韵致。
人们憧憬，
人们追梦，
人们擂起
春雷似的鼓声！

我们不哭

——群力抗“疫”战新冠

庚子年，
清明的日子里。
我们，
面向牺牲的烈士，
面向逝世的同胞，
肃穆、悲痛。
虽然，
眼含着泪，
手捂住嘴，
但是，我们不哭。
因为是，
以中华魂的名义！

清明的日子里，
神州大地，
国旗降半了，
汽笛鸣响了。
但是，我们的红心，
抱得更紧。
拳头，握得更有力。
感恩着，
党和国家的温暖。
信心百倍、誓奔辉煌。
因为有《义勇军进行曲》的
慷慨激昂！

初心在这里

初心，
使命担当，
纯净美丽。
它是党旗下的觉悟、信仰
和人生价值。

初心在哪里？
在誓言中，
在不变的追求里。
初心在哪里？
在风雨中，
在坚定的立场里。
初心在哪里？
在奋斗中，
在百姓的眼睛里。

初心，
时光荏苒，
矢志不渝。
它要紧跟新时代的号角、梦想
和中华腾飞。

七一感言

党旗是座学校，
教我们学习真理，舍弃名利。

党旗是个熔炉，
锤炼我们坚强，矢志不移。

党旗是盏明灯，
照我们不离目标，牢记誓词。

党旗是慈祥的母亲，
呵护我们成长，老有所依。

党旗指向了社会主义新阶段，
带领我们继续奋力。
全面小康，百年梦想，
拥抱民主、富强、和谐、美丽的
中华大地！

致敬，祖国七十华诞

今年，
我八十岁，
赶上了祖国的七十华诞。
是幸福的生活，
使我延年。
如今，
国人多长寿。
花儿，
开在夕阳红的笑脸。

祖国，
你了不起，
我们，
由衷地感叹！
七十年啊，
步履维艰。
七十年啊，
征程漫漫。
七十年啊，
自力更生。
七十年啊，
国泰民安。
七十年啊，
从被封锁的国度，

跃上第二经济体的高端。

致敬，
祖国七十华诞。
请数学家，
计算你的成就。
请文学家，
描写你的伟大。
请文艺家，
歌颂你的多彩。
请老百姓，
夸奖你的朴华。

你的成就，
就在我们身边呀。
宽敞的住房，
丰盛的餐宴，
便捷的交通，
优美的环境，
方便的网络，
尊老的氛围，
…………
看，
养育我们的家乡厦门，

也更加美丽，
更加开放，
更加有吸引力。
也开动了
连接世界的航船。

点赞，
伟大的党。
歌颂，
伟大祖国的七十华诞。
老年人，虽然东隅已逝，
但桑榆非晚。
我们快乐、健康地生活着，
初心不改，
期待祖国更辉煌的明天。

莲·廉

古今咏荷万千篇，
应是敦颐独爱莲？
淤泥不染亭亭立，
池水爱洗碧玉盘。
品性高洁喻正气，
香远溢清拟明廉。
若是芙蕖生灵性，
花之君子羞贪官。

厦门与我

六十五年前,
穿一身绿,
哐当哐当……
轰隆轰隆……
踢踏踢踏……
来到了国防前线的厦门。
自那,
喝厦门的水,
吃厦门的米,
赏厦门的景,
看厦门的变。

金鸡亭几年,
祥露顶几年,
邱厝几年,
坂头几年。
舍不得第二故乡啊,
三十年后,
扎根在
改革开放不久的厦门。
岁月悠悠,
又过去了几十年。

幸福地想一想,

一生中有哪些幸运的事呢?

……

最大的幸运,

莫过于跟革命联系在一起了。

有了这个联系,

才能够

幸运地拥抱美丽的厦门;

才能够

幸运地被海纳百川的厦门拥抱。

八一，我们的节日

八一，
建军、立国的丰碑，
也是我们
老兵的节日。
虽然，
军营渐渐淡出，
可我们，还是敬畏那面
血染的军旗。
座右铭上，
还刻着清晰的
一九二七．八一。
我们的心中，
还铭记着伟人们的
丰功伟绩。
情感上，
还崇尚人民军队的
无限忠诚
和所向披靡。

曾经，
家庭般的温暖，
朝夕相处的兄弟，
顽强的作风，
勇往直前的意志，

精湛的本领，
“千里眼顺风耳”的赞誉……*
都是我们生命的财富、
做人的底气
和引以为豪的履历。

现在，我们
还爱唱军歌，
还习惯胸挺腰直，
还想听从召唤，
再重复昨天的故事。
往日的“雄赳赳气昂昂”，
也还时常显现：
在梦中、
在家风、
在相册、
在聚会、
在强国强军的信念里。

八一您好，
请接受老兵的敬礼，
谢谢你给予的锤炼，

* 毛泽东赞誉人民解放军通信兵：“你们是科学的千里眼顺风耳。”

我们才能一辈子，
受激励。
战友您好，
让我们继续推演
当年的风采，
把“就是不一样”永远保持，
齐唱“我是一个兵”，
继续“向前向前”，
“向最后的胜利”！

战友，你是一首歌

——纪念建军 92 周年

战友，
你是一首歌，
歌中
有风，有雨，
有豪迈，有蹉跎。
这首歌，曾经
唱青春，
唱苦乐，
唱烈烈的熔炉淬火
和坚实的步伐不停歇。

歌的旋律，
也许少了些优美，
但它是正声雅音。
歌的词语，
也许少了些华丽，
但它能荡气回肠。
唱着这首歌，
一路走来。
你的形象啊，
依然英武。
你的性格啊，
依然刚强。
你穿军装的时候，

祖国多了份安全。
你穿布衣的时候，
祖国多了份力量。
你穿休闲服的时候，
初心依旧，
连着民族复兴的梦想，
也连着战友
火热的胸膛。

战友啊，
你还是一首歌。
歌里，
有情，有爱，
有思念，有叙说。
现在，
更加朗朗上口、
温情脉脉。
唱幸福，
唱快乐，
唱挺秀的松柏，
唱友谊的长河不枯涸。

书画赞脱贫 *

鹭岛金秋月，
书画看脱贫。
永远跟党走，
离退记初心。
楷行草隶篆，
水墨工笔印。

新阶段、新目标，
新蓝图、新精神，
新发展、新成就，
新天地、新农村。

赞群英、赞党引，
赞开拓、赞创新，
赞融合、赞携手，
赞巨变、赞梦真。

歌青山、歌绿水，
歌和谐、歌精准，
歌致富、歌小康，
歌风貌、歌祥云。

* 厦门市举办离退休干部《我看脱贫攻坚新成就》书画作品展。

鹭岛金秋月，
书画赞脱贫。
勾皴擦染点，
百姓幸福人。
翰墨深情厚，
丹青妙笔韵。

翔安寻梦*

诧异街区替僻乡，
不识昔日演兵场。
高楼千幢连新路，
腾跃十年再展翔。
马巷文昌仍爽口，
沃头蚝炸有名扬。
香山渲染嘉禾景，
浔水涛声赛鹭江。

* 改革开放以前，部队经常在新店、莲河、马巷农村搞训练、打演习。现在的翔安新区，到处都是繁荣，现代的大发展景象。

叱咤风云一百年
——献给伟大的中国共产党

一

叱咤风云一百年，
披荆斩棘敢争先。
英明决策兴中国，
曲曲凯歌荡九天。

二

不忘初心志弥坚，
恢宏“四化”勇登攀。
逆风破浪开新局，
“双百”宏图更胜前。

三

手握创新主动权，
胸怀坦荡抓攻坚。
擎天共仰中流柱，
大地缤纷唱凯旋。

四

党绩民勋铭万年，
神州日日换新颜。
红旗飘舞共圆梦，
盛世光辉照宇寰。

永恒的怀念

——为邓公逝世而作

我站在香港太平山上，
俯视着缓缓流去的香江。
思念为我插上遐想的翅膀，
飞往香港回归的时光——

邓小平老人由毛毛陪伴，
来到香港中银大厦顶上。
他眯起眼睛望望九龙，
又深情地注视着香港。

一个半世纪的历史风云，
仿佛全涌进他的胸膛；
十五年来的中英谈判，
聚焦般地凝在他的眼眶。

他挥动有力的臂膀，
将民族的耻辱一扫而光；
他伸出温暖的双手，
把失去的孤儿带回家乡。

他走进港岛的大街小巷，
与欢笑的人群拉着家常；
他步入九龙的银行商店，
以主人的身份游览观光……

一阵哀乐打断我的遐想，
满天愁云扑进我的心房；
“欢迎邓公光临香港”
成了港人无法实现的期望。

我站在香港太平山上，
哀思化作泪珠千行；
看东方之珠更加璀璨，
邓公却结束了生命的华章。

太平山没有留下他的足迹，
他的名字永远在这里回响；
香江水未能映照他的笑容，
他的智慧永远在这里闪光。

远没有结束的尾声：党旗颂

你是冰天雪地里燃烧的记忆,
你是茫茫黑夜里希望的晨曦,
你是焚毁旧世界的熊熊烈火,
你是开辟新航线的破冰铁犁……
啊，党旗,
党旗!
九百六十万平方千米的土地,
哪里没有你的足迹?
亿万中华儿女的心中,
哪里没有你的呼吸?

你书写中国革命的无比壮丽,
你抒发共产党人的浩然正气,
万里长征是宣言书是播种机,
你是它闪光的种子壮美的诗句……
啊，党旗,
党旗!
中华复兴是伟大的中国梦,
你是它的镰刀和铁锤!
九千万儿女对你宣誓,
从此成为长江的一滴。

党旗啊,
党旗!

你的颜色是先烈们的血迹，
你的飘扬就是胜利，
我是你小小的一丝经纬，
时刻领悟人生意义……
党旗啊，
党旗！

后记

在青少年时代，我便记住了这句名言：忘记过去，意味着背叛。

这是一本诗集，也是一首长诗。我用一百多首抒情短诗组成这首抒情长诗。

这首长诗第一章，以中共党史一系列节点为支点进行构架。但它有别于叙事诗，每一个节点均由若干短诗组成。情感的波长不宜过长，抒情短诗组成的长诗可克服情感波长过长而让读者感到疲劳的缺点。

第二章，以红军二万五千里长征为内容，依然以时间顺序发展进行抒写。习近平总书记在《纪念红军长征胜利80周年大会上的讲话》中说：长征的胜利，是中国共产党人理想的胜利，是中国共产党人信念的胜利。截取这富有象征意味的历史进行细写，是对第一章的补充。第一章写的是“点”，第二章写的是点里的“面”。

1983年我参加闽赣作家访问团，访问团团长是江西省文联副主席郭蔚球，副团长是福州市文联主席柳明理。访问团里的解放军同志是朱向前和刘立云。我们带着两省作协的介绍信和福建省军区介绍信，沿红军二万五千里长征路线采访两个多月。我边走边写，结束后又写，创作了一批诗歌，这些作品中有不少已经发表，基于这首长诗特殊的结构，它们就成了长诗的组成部分。能为长诗添砖加瓦，还有一些有特殊意义的旧作。《夜读〈革命烈士诗抄〉》写于我在厦门一中读高中时的1964年，曾在学校的晚会上朗读过，还发表在学校的油印刊物《万山红》上。《万岁，我们的小行星》写于我在闽西插队落户的1970年，“东方红一号”卫星发射成功后，我一口气写了六首新诗，填了一首词。今天我采用了其中一首，略加修改，保留其题目和警句。

如果仅仅把一批短诗组合在一起成为诗集，当然省力得多，我也曾经这样做过。建党80周年时，曾编过一本《寸草心》诗集，一方面出版的成本高，另一方面自己也觉得有些单薄，就没有付梓。用党史中的一些闪光点进行整体构思，是一种创新的尝试。

当然，这种尝试也带来一个问题，那就是“为文而造情”。创作的规律是“为情而造文”，“情动于衷而形于言”。反其道而行之，往往事倍功半。作为弥补，就是长诗中有许多独立的短诗，从这点上说，视其为诗集亦无不可。

第三章“不忘初心”，就是不忘人民，不忘共产党的宗旨，不忘为革命牺牲的先烈，从另一个角度写“党史”。

中华人民共和国成立以后，我们党取得伟大成就。我不想也难于用诗来图解它。我歌唱家乡厦门，歌颂厦门经济特区的崛起，于是有了第四章“特区崛起”。表现自己退休后的生活，便是第五章“骊歌唱晚”。第四章、第五章，就是想让小小一滴水来反映太阳些许的光辉。

第六章“同声歌唱”是我局老领导周脉望和彭一万

的创作。局关工委和离退休干部工作处想发动更多的人加入这个合唱，无奈时间太紧，最后只收到周脉望、彭一万的作品。异口同声，歌颂党歌唱厦门，相同的主题，相同的诗心，也算和谐。

这便是这首抒情长诗，或说这部诗集的整体结构。

今日诗坛，现代主义作品泛滥；现实生活，“崇西”“媚西”思潮渗透，革命历史题材的作品不被看好，甚至连现实主义创作方法也被许多人弃如敝屣。现代主义诗歌是艺术上的一种探索，其优秀作品属于阳春白雪，但其弊端在于躲进象牙塔，易于与广大百姓隔阂。现代主义手法很难用来表现革命历史题材。我用的是被一些人视为过时的现实主义手法。

主题先行的东西往往速朽，我奢望自己的诗汇入亿万人民的大合唱，哪怕速朽也无所谓，因为它发自我的内心。

陈志铭

2020年金秋于角美东篱居